Amos Daragon,
la fin des dieux

BRYAN PERRO

Amos Daragon, la fin des dieux

LES NTOUCHABLES

Les Éditions des Intouchables bénéficient du soutien financier de la SODEC, du Programme de crédits d'impôt du gouvernement du Québec et sont inscrites au Programme de subvention globale du Conseil des Arts du Canada.

Nous reconnaissons l'aide financière du gouvernement du Canada par l'entremise du Programme d'aide au développement de l'industrie de l'édition (PADIÉ) pour nos activités d'édition.

LES ÉDITIONS DES INTOUCHABLES
816, rue Rachel Est
Montréal, Québec
H2J 2H6
Téléphone : (514) 526-0770
Télécopieur : (514) 529-7780
www.lesintouchables.com

DISTRIBUTION : PROLOGUE
1650, boulevard Lionel-Bertrand
Boisbriand, Québec
J7H 1N7
Téléphone : (450) 434-0306
Télécopieur : (450) 434-2627

Impression : Transcontinental
Infographie : Geneviève Nadeau
Maquette de la couverture : Benoît Desroches
Illustration de la couverture : Jacques Lamontagne
Logo : François Vaillancourt

Dépôt légal : 2006
Bibliothèque et Archives nationales du Québec
Bibliothèque nationale du Canada

ISBN-10 : 2-89549-251-4
ISBN-13 : 978-2-89549-251-1

Prologue

Quatre armes, quatre continents, quatre éléments, quatre porteurs de masques, mais une seule mission : rétablir l'équilibre du monde en renversant le pouvoir des dieux.

Depuis des siècles, les humains connaissent les vertus de la terre. Elle est un symbole de fécondité et de régénération. Cet élément sait faire naître la vie et possède les secrets de la croissance, du mûrissement et de la floraison des végétaux. La terre recouvre aussi le cercueil des morts et recueille en son sein leurs poussières. Les gnomes en protègent les ressources et veillent de jour comme de nuit, souvent sous forme de crapauds, sur ses richesses et ses trésors.

Pour sa part, l'eau est présente partout et sous plusieurs formes. Parfois gazeuse, souvent solide, mais la plupart du temps liquide, elle représente le cycle de la vie, et ses transformations sont multiples. Cet élément symbolise la persévérance, la volonté et la régularité qui s'incarnent dans le flux permanent de ses marées et de son mouvement. Comme une histoire habilement ficelée, l'eau épouse les formes qu'elle rencontre sans jamais les contrarier et les porte vers de nouveaux pays, de nouveaux mondes. Son courroux est souvent dévastateur et c'est la raison pour laquelle l'eau impose le respect, surtout de la part des ondines, ses protectrices dévouées.

Le feu est l'élément insaisissable qui réchauffe et éclaire les hommes, mais dont les méfaits peuvent être ravageurs. S'il n'y a rien à consumer, le feu n'existe pas, car il vit de la destruction du monde et, parallèlement, de sa purification. Il transforme ce qu'il embrase en illuminant le monde autour de sa flamme. Voilà pourquoi les Anciens le présentent comme un symbole d'intelligence et de vivacité. Du torrent de lave à la simple bougie, seule la salamandre, la gardienne de ses secrets, peut le traverser sans en être affectée.

Comme une fée désirant ne pas se faire voir, l'air est imperceptible et insaisissable. Cet élément qui pénètre tout représente l'inconscience et le mystère, car même s'il est présent partout, tout le temps, il arrive souvent aux humains de l'oublier complètement. Immuable, l'air se dérobe à toutes descriptions. Les sylphes, ces créatures très mobiles au corps léger et fluide, habitent le monde de l'air. Ils apparaissent parfois aux humains sous la forme d'un nuage et habitent le ciel, au milieu des tempêtes et des vents.

C'est de la fusion des quatre éléments que naîtra une entité nouvelle capable de remplacer les dieux et d'établir un nouveau règne sur le monde. Là où les elfes ont lamentablement échoué, les humains réussiront-ils à propulser les vivants dans une nouvelle ère? Les porteurs de masques trouveront-ils la façon de joindre leurs forces afin d'accomplir les prophéties des devins? Les dés sont jetés… et personne, du plus sage au plus fou, ne pourra prédire la fin de la grande aventure d'Amos Daragon.

1
Les montagnes de feu

Sur les terres du Sud, là où les volcans ne cessent jamais de cracher leurs matières enflammées, la grande tribu des porcs-épics était rassemblée pour un événement grandiose. Ces hommes, ces femmes et ces enfants avaient traversé des plaines de lave fumante et des contrées de cendre pour venir rencontrer l'élu. Leurs armures et leurs armes, essentiel-lement constituées d'ossements de reptiles gigantesques, avaient été nettoyées et polies pour l'occasion. En suivant les indications très précises des différents chamans de leurs clans, ils s'étaient couvert le corps de peintures de guerre et de signes cabalistiques aux formes étranges. Plusieurs anciens avaient des tatou-ages sur le visage, ce qui les rendait effrayants à voir. Au rythme incessant des tambours qui battaient la mesure depuis au moins une lune, les femmes se relayaient devant le grand feu pour danser, souvent jusqu'à épuisement. Contrairement aux autres habitants de ce continent qui vouaient un culte presque absolu au dieu Vulcain, le sang brûlant de la terre, les femmes de la tribu des porcs-épics ne dansaient pas pour les dieux. Elles rendaient hommage aux Ungambikulas.

Selon la mythologie des clans nomades des porcs-épics, au début des temps, l'obscurité recouvrait le monde, et leurs ancêtres ainsi que les astres dormaient dans les profondeurs de la Terre. Durant cette période appelée le «Temps des rêves», la vie était en gestation sous les montagnes. Un beau jour, les ancêtres s'étaient éveillés et étaient sortis de terre à travers une première coulée de lave qui, elle, était bientôt devenue le soleil dans le ciel. Les ancêtres, mi-animaux, mi-plantes, avaient évolué pendant de longues années avant l'arrivée des Ungambikulas, splendides créatures lumineuses ailées, qui avaient trouvé que les humains avaient bien piètre allure. En effet, ces derniers étaient à moitié achevés, car ils avaient des corps ou des membres de bêtes, des excroissances sur la tête, qui étaient en fait des branches, ou encore de longues racines qui faisaient office de cheveux. Les Ungambikulas avaient décidé de séparer, avec de longs couteaux à lame de pierre, les caractéristiques humaines, animales et végétales de chacun des corps, et ce, afin de former trois classes bien distinctes. On appelait aujourd'hui Kalliah Blash, qui signifie « la dame blanche », la plus sage des Ungambikulas.

Pour les membres de la tribu des porcs-épics, les dieux étaient depuis toujours les ennemis des humains, et Kalliah Blash était la seule vraie reine du monde. Les cultes pratiqués par les différentes autres tribus du continent n'avaient aucun sens à leurs yeux et c'est précisément pour cette raison qu'on leur déclarait continuellement la guerre. Les nomades porcs-épics n'avaient jamais cessé de se battre et, grâce à leurs méthodes efficaces, ils avaient la réputation d'être d'habiles guerriers. Jamais ils n'attaquaient ceux qui voulaient vivre en paix ; cependant, dès qu'une autre tribu déclenchait les hostilités, les porcs-épics ripostaient avec vigueur. À l'image de ce continent de volcans, de reptiles et de feu, ces gens avaient un caractère bouillant, mais ils savaient garder leur sang-froid lorsqu'une situation critique se présentait. Ils habitaient les terres décharnées du centre du monde, là où la végétation se faisait rare et où l'agriculture était inexistante à cause de la chaleur des volcans et de l'épaisse couche de cendre qui recouvrait le sol. Leur vaste territoire était situé également là où les nuages se faisaient nombreux, mais la pluie, rarissime. Enfin, ils habitaient au centre d'un brasier éternel, là où nul, à part eux, n'aurait pu vivre.

Heureusement, ils étaient rassemblés aujourd'hui pour une tout autre raison que la guerre. Les femmes dansaient au son des tambours battants pour célébrer l'élu que l'on avait tant attendu, car la légende leur avait enseigné qu'il viendrait pour éliminer les dieux afin que s'installe la paix dans le monde. C'est Kalliah Blash elle-même qui l'avait choisi. Il devait rétablir l'équilibre entre les forces positives et les forces négatives du monde. Le jeune garçon d'une quinzaine d'années avait des talents de combattant exception-nels et possédait la faculté de contrôler les éléments selon ses désirs. D'ailleurs, on l'avait déjà aperçu en train de s'amuser dans la lave comme s'il avait été dans l'eau fraîche d'une rivière. Grâce à ses pouvoirs, les profondes veines d'eau remontaient en différents points à la surface du sol afin d'étancher la soif de chacun. Ses pouvoirs étaient prodigieux et son nom avait remplacé le mot « miracle » dans la langue ancienne des porcs-épics. Cet être extraordinaire, ce garçon remarquable, s'appelait Éoraki Kooc et il appartenait à la lignée des porteurs de masques.

Depuis des semaines, Éoraki se trouvait dans la grotte sacrée qui était censée mener chez les ancêtres. C'est son maître, un très grand esprit du monde des ombres, qui lui avait indiqué le chemin. À plusieurs reprises, Éoraki était entré dans la grotte, mais il en était toujours ressorti bredouille. C'est qu'il aurait dû y trouver le masque de l'éther, mais chacune de ses descentes en ce lieu sombre s'était soldée par un échec. Il avait eu beau chercher partout, regarder sous chaque pierre et dans chaque crevasse, il n'avait jamais trouvé le moindre indice de la présence de l'objet. Encore aujourd'hui, son peuple l'attendait à l'extérieur en célébrant d'avance son retour victorieux, mais Éoraki craignait de le décevoir de nouveau. C'était pour l'encourager et pour lui porter chance que les chants et les danses reprenaient de plus belle chaque fois qu'il retournait vers les ancêtres. La pression était énorme pour le jeune héros qui, vêtu de son seul pagne, mais protégé par des signes cabalistiques peints sur tout son corps, devait absolument trouver la façon d'atteindre le masque de l'éther.

Pour son jeune âge, Éoraki avait des épaules larges et un corps bien musclé qui semblait avoir été sculpté par un artiste. Sa peau brune, ses cheveux noirs coupés court et en pointes, ses yeux perçants, tout lui donnait l'allure d'un félin. À l'exemple des guerriers de son peuple, il avait les ongles longs et effilés, et portait une trentaine d'amulettes autour du cou. Ses dents, taillées en crocs saillants, contribuaient à renforcer son image de bête sauvage. Malgré son allure quelque peu menaçante, Éoraki était un garçon charmant et drôle qui ne se gênait pas pour faire le pitre devant ses amis et qui aimait jouer des tours aux adultes de la tribu. On l'appréciait aussi pour son intelligence et son grand cœur.

Après avoir inspecté le fond de la grotte une troisième fois, Éoraki posa sa torche dans une fente du roc et s'assit pour réfléchir.

« Mais où donc ce masque peut-il être ?! J'ai suivi à la lettre les indications de mon maître en descendant dans ce trou. Je ne comprends plus ce qu'il attend de moi ! »

Le guide spirituel d'Éoraki était le spectre d'un ancien chaman très puissant de la tribu des porcs-épics. Il lui avait dit : « Tu trouveras, au fond de la grotte, le passage conduisant au masque de l'éther. » Malgré ces renseignements, le jeune porteur de masques ne trouvait rien. Peut-être alors que les paroles de son maître avaient un sens caché. Si c'était le cas, il n'arrivait pas à le comprendre. Alors, il cherchait encore et toujours un trou, un recoin ou une crevasse qui lui permettrait d'atteindre son but.

« Si je remonte encore à la surface sans le masque de l'éther, le peuple sera furieux.

Ces gens croient en moi et je ne dois plus les décevoir. Je dois chercher encore et encore, retourner chaque pierre et rester ici le temps qu'il faudra. Je dois réussir ! »

Fatigué mais toujours confiant, Éoraki reprit sa fouille et suivit le long passage menant à une extrémité de la grotte. Au-dessus, le rythme des tambours faisait vibrer légèrement la paroi à travers laquelle il crut reconnaître, tel un écho lointain, les différents cris de guerre des nombreuses familles de la grande tribu. Cela lui rappela l'urgence de trouver le dernier des masques de puissance.

Une fois de plus, malgré de longues recherches, le garçon ne trouva rien. Pas le moindre signe pour lui venir en aide. Complètement découragé et sur le point de tout abandonner, il se laissa choir sur le sol et se mit à pleurer. Jamais il n'avait vécu une épreuve aussi difficile ni ressenti une pression aussi grande. Même si, dans sa culture, il était interdit à un homme de pleurer sous peine de se voir exclu du clan, Éoraki ne pouvait retenir ses larmes. Du reste, à l'égard de cette coutume, son père lui avait enseigné que seules les mauviettes affichaient ouvertement leur faiblesse en se laissant aller à pleurnicher et il lui avait maintes fois fait promettre de ne jamais le ridiculiser de cette façon. Le fils rompait aujourd'hui son serment, ce qui eut pour effet d'accentuer son chagrin et de faire ruisseler ses larmes.

Éoraki l'ignorait, mais son désespoir était en train de creuser le tunnel qui allait le mener au plus profond de son monde intérieur. Il venait de faire craquer sa carapace et il allait avoir accès à ses sentiments réels. Son maître avait dit la vérité, car c'était bien au fond de cette grotte que son élève trouverait le passage qui le conduirait vers le masque de l'éther.

***

Lorsque Éoraki sortit enfin de la grotte, les tambours, les danses et les cris de guerre s'arrêtèrent net. Un silence lourd d'espoir accueillit le jeune héros qui se dirigea jusqu'au rocher du Destin, là où siégeaient les anciens et les sages. L'air fatigué mais le torse bombé, il se tourna fièrement vers son peuple et déclara solennellement :

— J'ai trouvé ce que j'étais allé chercher.

Des cris de joie, retentissants comme un coup de tonnerre, se firent entendre de partout. Les tambours reprirent leur cadence dans les hurlements des milliers de membres de la tribu des porcs-épics. La légende était devenue réalité et le sauveur se trouvait parmi eux. Puis Éoraki Kooc leva la main pour demander le silence. Le vacarme cessa presque aussitôt.

– Écoutez-moi, tous! Je dois maintenant vous quitter pour accomplir ma mission de porteur de masques. J'ai aussi une annonce d'une grande importance à vous faire! Je ne suis pas le seul à posséder le pouvoir de contrôler les éléments…

Un murmure de surprise et d'incompréhension circula dans l'assistance. Les croyances anciennes parlaient d'un unique élu et non pas de plusieurs.

– Au cours de ma quête dans les profondeurs de la grotte, j'ai eu une vision révélatrice…, continua Éoraki. Une vision d'un monde où quatre continents représentent les quatre éléments naturels. Sur chacun de ces continents évolue un porteur de masques, tout comme moi. Aujourd'hui, je pars donc rejoindre les trois autres afin d'éliminer une fois pour toutes l'emprise des dieux sur notre Terre.

La foule semblait incrédule, mais demeurait silencieuse à la suite de cette étonnante révélation.

– J'ignore si nous nous retrouverons un jour…, poursuivit l'élu, mais sachez que mes pensées, à chaque instant de mon périple à venir, seront dirigées vers vous. Vous méritez de vivre en paix et je n'hésiterai pas à donner ma vie pour que s'accomplisse la prophétie.

Le souffle coupé, les membres de la tribu avaient bu ses paroles sans l'interrompre.

– Maintenant, apportez mon armure et priez TuPal de venir à moi!

Sans tarder, trois guerriers de la famille d'Éoraki le vêtirent de la tête aux pieds d'une armure faite d'ossements et de peaux de lézards géants. Ils lui tendirent ensuite son arme, une masse de bois dont le manche avait la forme d'une grosse alvéole.

Pendant ce temps, un chaman invoqua l'esprit de TuPal et, bientôt, une gigantesque chauve-souris se posa près d'Éoraki. Le porteur de masques et la bête se saluèrent d'un mouvement de la tête, puis le garçon lui tourna doucement le dos et posa un genou par terre. La créature ailée grimpa lentement sur son dos et s'agrippa à son armure, puis elle enroula sa longue queue autour de sa taille, déploya ses ailes et resta ainsi, immobile.

Éoraki se releva pour s'adresser de nouveau à son peuple. À deux pas de lui, on vit apparaître le spectre translucide de son maître. Contrairement à d'autres cultures qui considéraient les revenants comme des êtres maléfiques, les membres de la tribu des porcs-épics n'étaient nullement effrayés par les fantômes. Ceux-ci faisaient même partie de la vie quotidienne des familles qui chérissaient leur présence et honoraient avec grand soin leur mémoire. Il y avait régulièrement des apparitions dans les villages, sans que cela troublât la paix de quiconque. Sur le continent de feu, les âmes des morts demeuraient longtemps avec les vivants afin de faciliter le détachement des disparus et de les aider à se préparer à leur nouveau voyage.

Avant qu'Éoraki ne fît ses adieux à son peuple, le spectre posa une main sur son épaule et lui souffla à l'oreille :

– Trouve un garçon qui se nomme Amos Daragon. Tout comme toi, il est un grand porteur de masques. Sa sagesse est équivalente à ta force et tu devras écouter ses conseils pour accomplir ta mission. Ne crois jamais que tu pourras réussir seul la tâche de rétablir l'équilibre du monde. Toi qui agis toujours selon ton instinct, sache que tu devras calmer tes ardeurs et dominer ton impatience. Rappelle-toi que la souplesse de l'herbe est plus forte que la rigidité de l'arbre.

– Je sais, maître, soupira Éoraki, vous me l'avez déjà maintes fois répété.

– Alors, commence à mettre en pratique ce que je t'enseigne, répliqua le spectre au ton arrogant du garçon. Je te juge par tes actes, non par tes paroles !

– Désolé, maître. Vous avez raison et je prendrai garde de ne pas me laisser dominer par mes sentiments. Je vous le promets.

— Bien, répondit le fantôme, satisfait. Va maintenant. Mes pensées t'accompagnent.

Éoraki observa son peuple. Des hommes, des femmes et des enfants fiers étaient debout devant lui. Ils avaient le regard franc des âmes forgées par les souffrances des nombreuses guerres. À les voir tous ainsi, le porteur de masques ressentit une grande fierté d'appartenir à ce peuple si fort que même des années de persécution n'avaient pas réussi à abattre.

— Je vous dis adieu, mes amis! lança finalement Éoraki avec un signe de la main. Je ferai tout pour ne pas vous décevoir!

Puis, au commandement du garçon, TuPal battit vivement des ailes afin de les soulever tous deux de terre. Toujours bien accrochée à l'armure d'Éoraki, la gigantesque chauve-souris s'éleva dans les airs et se dirigea vers le nord.

L'élu de la tribu des porcs-épics se souviendrait toujours des cris d'encouragement et de joie qui accompagnèrent son départ ce jour-là.

2
Retour à la baie des cavernes

Depuis qu'il avait intégré le masque de l'éther, Amos savait que ses amis Béorf, Lolya et Médousa ne sauraient lui venir en aide pour la suite de sa mission. Dorénavant, les épreuves qui l'attendaient n'auraient rien à voir avec celles qu'ils avaient déjà traversées ensemble. À compter de ce jour, il ne s'agissait plus de combattre les dieux par l'intermédiaire de leurs avatars, de leurs complices ou de leurs disciples, mais bien de les affronter directement afin de les priver de leur emprise sur le monde.

Dans ses quartiers de la vieille forteresse d'Upsgran, Amos était à préparer un grand sac de voyage lorsqu'il fut interrompu par Sartigan.

– Eh bien, on dirait que mon jeune élève se sauve comme un voleur ! lui lança le maître dans son dos. Tu as donc décidé d'abandonner tes amis au beau milieu de la nuit et sans dire un mot ?

— Mais… mais comment saviez-vous que?…

— J'ai croisé Maelström en revenant de ma séance de méditation nocturne dans la forêt. Ton ami et complice ne sait pas mentir et il a fini par me dévoiler votre plan. Alors, tu crois que c'est la meilleure façon de partir?

— Je ne sais pas si c'est la meilleure façon, maître Sartigan, mais c'est celle que j'ai choisie. J'ai blessé et perdu Lolya en refusant son amour, Béorf ne s'est pas encore remis de son voyage en Hyperborée et Médousa a besoin de repos. La pauvre! Elle s'est telle-ment fait malmener par les nagas! Elle non plus, malheureusement, ne pourrait pas me suivre. Cependant, comme je dois traverser la Grande Barrière, j'emmène Maelström avec moi. Si les autres apprenaient mon départ, ils insisteraient pour m'accompagner, ce qui serait de la folie. Je sais qu'ils ne survivraient pas à ce voyage. Alors, je préfère perdre leur amitié mais les savoir vivants que risquer leur vie en acceptant leur aide dans la dernière phase de ma quête. C'est ma décision, maître Sartigan, et je ne reviendrai pas dessus.

— Bien, répondit le vieil homme en posant une main sur son épaule. Je saisis très bien et ton choix est sage. Tes amis le comprendront aussi, sois sans crainte. Toutefois, ils auraient certai-nement apprécié que tu leur fasses tes adieux.

Amos comprit brutalement ce que Sartigan laissait entendre : il y avait une possibilité qu'il ne revienne jamais de cette fin de mission. Le cœur et la gorge serrés, il laissa ses affaires de côté pour s'asseoir sur son lit. Bien sûr, il avait connu bien des dangers, mais, pour la première fois, il prenait vraiment conscience de sa fragilité face aux dieux. Le contrôle des éléments ne lui accordait pas l'invincibilité, et l'immortalité de ses ennemis ne lui faciliterait pas la tâche.

— Je suppose que tu te demandes comment de simples hommes pourraient vaincre des dieux, n'est-ce pas ? dit le maître en prenant place à côté de lui. C'est une excellente question, non ? La solution ne se trouverait-elle pas dans les motivations mêmes des dieux ?

— Je ne comprends pas, avoua Amos, un peu démoralisé.

— Cher élève, pose-toi la question. Pourquoi est-ce que les dieux te craignent ? Après tout, tu n'es qu'un simple mortel ! Un mortel doté de pouvoirs prodigieux, certes, mais qui n'arriveront jamais à les éliminer ! C'est vrai ! Dis-moi, pourrais-tu faire disparaître à jamais un seul dieu grâce à ton contrôle des éléments ? Non, c'est tout à fait impossible…

— Mais alors, depuis le début, ma mission est vouée à l'échec ?

– Pas si tu trouves ce qui leur fait peur en toi… C'est à cette seule condition que tu pourras les vaincre. À mon avis, ta mission ne consiste pas à les affronter directement, comme tu le penses, mais plutôt à leur opposer une nouvelle force.

– Qu'entendez-vous par « nouvelle force » ?

– Prends par exemple le gui, tu connais cette plante, n'est-ce pas ?

– Oui, très bien, répondit Amos. En vertu de ses propriétés médicinales, c'est une plante sacrée pour le druide. Mastagane le Boueux du bois de Tarkasis l'utilisait soit pour chasser les mauvais esprits, soit pour neutraliser les poisons. Même qu'il s'en servait pour parler aux esprits des bois.

– D'accord, mais savais-tu que cette plante est d'abord un parasite qui s'accroche aux arbres ? Qu'elle vit à leurs dépens ? Que sa présence ralentit leur croissance et qu'elle les affaiblit beaucoup ? Amos, je crois que les porteurs de masques sont comme le gui, leur tâche est de faire naître quelque chose qui grandira en affaiblissant les dieux. Qui sait, cette « chose » pourra peut-être même un jour les remplacer complètement.

– Mais comment faire et par où commencer ?

– Voici encore des questions difficiles aux-quelles tu devras trouver toi-même les réponses, cher enfant, déclara Sartigan en se levant. Allez! je te laisse terminer tes préparatifs... Oh! une dernière chose!... Jadis, mon maître à moi me répétait souvent qu'un cercle est bouclé lorsque le point d'arrivée rejoint le point de départ. J'espère que tu y comprends quelque chose parce que, moi, je n'ai jamais rien compris de ce qu'il voulait me dire par là, ce vieux bouc! Maintenant, va et médite là-dessus... Cela te servira sans doute... Bonne chance, mon jeune ami!

Sartigan tapota l'épaule du garçon, puis, sans se retourner, il disparut dans le couloir sombre de la vieille forteresse d'Upsgran. Amos acheva ensuite de placer ses affaires dans son grand sac et quitta furtivement le vieux bâtiment. Non loin de là, sur la falaise, Maelström attendait fébrilement le moment de s'envoler. Le dragon était heureux. Il quittait Upsgran pour vivre une grande aventure avec Amos, et l'idée même de découvrir une fois de plus du pays le ravissait au plus haut point.

– Alors, grand frère, quelle direction dois-je prendre? demanda la bête de feu lorsque le porteur de masques fut près d'elle.

– Je vais te surprendre, Maelström, car je ne le sais pas encore, lui confia Amos qui réfléchissait tout en lui enfilant son harnais de cuir.

L'attelage avait été spécialement conçu et fabriqué par Geser pour s'adapter à Maelström, afin de faciliter les déplacements aériens. Chacun avait donné son avis pendant sa fabrication et c'est ainsi qu'un petit porte-bagages avait été joint à la selle. L'accessoire en cuir robuste ne nuisait en aucune façon aux mouvements du dragon et enlevait à ce dernier la crainte de voir son passager tomber dans le vide.

– Bon, ça y est ! fit Amos. Attends… Cette sangle n'est pas trop serrée ?

– Je ne la sens même pas, grand frère ! Mes écailles sont bien trop dures !

– Alors, ça va ! Nous sommes prêts !

– Oui, d'accord, nous sommes prêts à partir, mais nous ne savons pas où aller…, lança le dragon en souriant.

– Un cercle est bouclé lorsque le point d'arrivée rejoint le point de départ, Maelström, répondit Amos en montant en selle.

– Très intéressant, Amos. Mais cela ne m'indique pas la direction à prendre… À moins que je ne doive résoudre une énigme pour connaître l'itinéraire à suivre ?

– Mais non, grand nigaud ! s'exclama Amos qui avait bien réfléchi à ce que venait de lui dire son maître. C'est la façon subtile que Sartigan a trouvée pour me conseiller de retourner à la baie des cavernes avant d'entreprendre notre périple. Si je ne me trompe pas, il me faut boucler mon histoire à l'endroit où elle a commencé.

– Encore une de ses paraboles !

– Alors, direction sud, Maelström ! Nous allons nous recueillir sur le tombeau de Crivannia avant d'entamer officiellement notre périple.

– Allons-y, grand frère !

Le dragon déploya ses ailes et, dans le clair de lune qui faisait scintiller ses écailles, il s'élança du haut de la falaise. Amos eut un pincement au cœur en voyant s'éloigner la vieille forteresse. Aujourd'hui, il abandonnait ses amis pour franchir seul la dernière étape du rétablissement de l'équilibre du monde. Et il n'était même pas certain de ne pas avoir à sacrifier sa vie.

***

Au petit matin, Maelström se posa sur une des énormes colonnes de pierre érodée, si typique de l'endroit. Ce voyage ravivait de nombreux souvenirs chez Amos. Du haut des airs, il avait revu les hautes montagnes aux neiges éternelles qui entouraient le royaume d'Omain. Dans les premières lueurs du jour, il avait aperçu cette petite route qu'il avait empruntée avec ses parents pour fuir le seigneur Édonf. Il avait demandé au dragon de survoler la maison de son enfance qui, abandonnée, avait bien mauvaise mine. Le toit de chaume était défoncé à plusieurs endroits, la cheminée avait besoin d'une bonne couche de mortier, et au moins deux fenêtres étaient à remplacer. Tout près, la petite grange s'était pratiquement affaissée, et des arbrisseaux et des broussailles couvraient maintenant tout le potager. En trois ans et des poussières, les dieux de la nature avaient repris leurs droits sur le travail accompli par les hommes. De bonnes pluies, du vent, du soleil ardent et de rudes hivers avaient eu raison du travail acharné d'Urban, son père.

— Tu es triste, grand frère ? demanda doucement le dragon en voyant une larme couler sur la joue du garçon.

— Ça va, ce n'est rien, Maelström. Je suis un peu… comment dire ?… je suis un peu mélancolique, avoua Amos en fouillant son sac pour trouver un mouchoir. C'est à cause de la vue de la maison où mes parents ont travaillé si fort, et me revoilà maintenant au-dessus de la baie où toute mon aventure a commencé.

— Je te comprends, Amos… J'ai éprouvé le même sentiment quand j'ai rencontré mon frère dragon à Ramusberget. C'est l'impression d'être étranger à quelque chose et en même temps d'en faire partie. C'est normal que tu sois bouleversé.

– Oui, c'est tout à fait cela, Maelström. J'éprouve le sentiment d'être si loin et si près à la fois.

– Tu veux qu'on se pose au bord de l'eau ?

– Pas maintenant. Prenons encore un moment pour survoler la baie. C'est vraiment magnifique et je veux en profiter.

– C'est vrai que c'est un endroit sublime, ajouta le dragon en exécutant un virage gracieux.

Le lieu n'avait guère changé et la mer continuait à user patiemment la pierre qui se transformait graduellement en colonnes impressionnantes. Tout autour de la baie, la falaise était trouée comme un gruyère et, malgré l'abondance des entrées de grottes, Amos repéra facilement le tombeau de Crivannia.

– Regarde, Maelström, c'est cette grotte, là-bas, qui s'est effondrée sur la sirène ! dit-il en pointant le doigt vers la dernière demeure de Crivannia. Allons-y tout de suite. La marée monte et, si nous tardons, nous risquons de nous mouiller les pieds.

En deux coups d'ailes, la monture et son cavalier atterrirent sur la plage, à proximité de la grotte. À son grand étonnement, Amos constata que l'entrée de cette dernière avait été scellée par un imposant mur d'innombrables coquillages. Agglutinés, ils formaient une paroi compacte et solide où avaient été talentueusement gravées des runes rappelant les formes du monde aquatique. Visiblement, il s'agissait de symboles funéraires qui évoquaient les grands moments de la vie de la princesse des eaux. Parmi eux, un petit dessin représentait le porteur de masques avec, à côté, une petite pierre blanche.

– Regarde, Maelström! On dirait que c'est moi, juste ici, en bas de…

Amos n'eut pas le temps de terminer sa phrase qu'il fut interrompu par le grognement agressif du dragon. En se retournant, il vit dans la baie les têtes émergées de plusieurs dizaines de sirènes. Elles portaient des casques de guerre d'où sortaient leurs longs cheveux roux. Armées jusqu'aux dents, elles disposaient d'une panoplie de lances, de hallebardes, d'arcs, de flèches et d'épées, et avaient des armures de coraux et de coquillages.

«Quel comité d'accueil! pensa Amos qui restait sur ses gardes. J'espère qu'elles n'ont pas de mauvaises intentions.»

Maelström n'avait pas cessé de grogner et se raclait la gorge en prévision d'un jet de flammes. En position de défense, il gardait les yeux fixés sur les créatures, prêt à réagir à la première démonstration d'agressivité.

– Je ne crois pas qu'elles nous veuillent du mal, Maelström, dit Amos pour le rassurer. C'est peut-être la première fois de leur vie qu'elles voient un dragon et elles se méfient. Rappelle-toi que, selon les légendes, ta race est censée être éteinte depuis des milliers d'années.

– Moi, je ne leur fais pas confiance, répliqua Maelström en montrant ses crocs. Il se passe quelque chose d'anormal sous l'eau... Je vois un mouvement sous les vagues. Il y a d'autres créatures... et des grosses...

Comme le dragon l'avait deviné, de grosses bêtes, des licornes de mer, tournoyèrent sous l'eau avant d'en émerger et de former un cercle. Ces narvals avaient bien le double de la taille de Maelström, et leur incisive gauche, très développée, faisait office de longue défense horizontale spiralée. Puis apparut une gigantesque baleine bleue qui se déplaçait lentement dans l'eau. Sur son dos, il y avait une magnifique sirène couronnée et, à l'instar de ses congénères, vêtue d'une armure de guerre. Elle salua le porteur de masques d'un grand signe de la main.

– Je crois que tu peux ranger tes crocs, Maelström! lança Amos, soulagé. Le poisson grillé, ce sera pour une autre fois. Tu vois la sirène aux cheveux bleu clair sur la baleine?

Je la connais. Elle était présente au bois de Tarkasis lorsque Gwenfadrille m'a remis mon premier masque. Vois sa couronne. Ce doit être elle qui a pris la place de Crivannia après sa mort. C'est la nouvelle princesse des eaux.

L'élégante sirène se laissa glisser de sa titanesque monture. Escortée par les narvals, elle nagea en direction du porteur de masques et de son dragon, mais demeura à une distance raisonnable du rivage et invita Amos à venir la rejoindre dans la marée montante. La tête et les épaules bien droites, celui-ci accepta solennellement sans rien laisser paraître du déplaisir qu'il éprouvait à mouiller ses bottes et son pantalon. Quant à Maelström, il resta sur la grève, toujours aux aguets.

— Mes sœurs du nord, celles de la baie d'Upsgran, m'ont vanté tes mérites, ô porteur de masques! dit la sirène en guise d'introduction. Elles sont très honorées de t'avoir comme voisin là-bas!

— Mais… je leur retourne le compliment, répondit Amos. Elles sont vraiment charmantes. Même qu'elles ont déjà chanté à la fête qu'avait organisée le village pour mon anniversaire. Leurs chants ont envoûté tout le monde et, encore aujourd'hui, il n'y a pas un béorite qui ne soit demeuré sous le charme.

– Je le leur dirai avec joie. Maintenant, j'aimerais que tu pardonnes ma réserve lors de notre première rencontre au bois de Tarkasis. J'étais intimidée par le grand conseil des fées et, en même temps, si bouleversée par la mort de ma bien-aimée sœur Crivannia. Tu sais, je te tenais, à tort bien sûr, pour un peu responsable de son décès, car je me disais que tu aurais peut-être pu la sauver. Mais rassure-toi, Gwenfadrille m'a vite fait entendre raison. Alors, voilà pour cela. Maintenant, sache que je me nomme Firinne et que c'est pour moi un réel plaisir de croiser ta route une fois de plus.

– Je suis également enchanté, répondit Amos, touché par tant de délicatesse de la part de la princesse. Et derrière moi, voici Maelström, mon ami le dragon. Il n'est pas méchant, seulement un peu méfiant.

– Quel plaisir de voir un véritable dragon! lança Firinne en saluant Maelström de la main.

Le charme de la sirène parvint jusqu'au dragon qui cessa enfin de montrer ses dents avant de s'étendre sur le sable.

– Je suis heureuse de te voir enfin, cher porteur de masques, car j'ai quelque chose pour toi, continua la princesse. Je voulais te le faire porter à Upsgran, mais puisque tu es ici aujourd'hui, j'ai le plaisir de te le remettre en mains propres.

Dans une langue incompréhensible, Firinne demanda sans doute à un narval de lui apporter la chose, car, aussitôt, le cétacé vint déposer dans les mains de la princesse un magnifique trident serti de pierres précieuses et de coraux. Il avait deux fois la taille de celui qu'Amos avait reçu de Crivannia.

– Quel objet magnifique! s'exclama-t-il. C'est un présent extraordinaire que vous me faites, Firinne!

– En effet, il est splendide… Il s'agit du trident de mon père, notre roi, précisa-t-elle. Il t'en fait cadeau spécialement pour t'aider à terminer ta mission. Fais très attention de ne pas le perdre, car c'est un objet qui pourra t'être très utile.

– Je lui suis vraiment très reconnaissant de ce geste, dit le garçon en prenant le trident. J'en prendrai grand soin.

– Alors, bonne chance, porteur de masques. Nous avons confiance en toi et nous sommes de tout cœur avec toi.

– Je serai digne de la confiance que vous me portez, conclut Amos en s'inclinant devant la sœur de Crivannia.

3
Une odeur de mouton

Amos et son dragon avaient quitté la baie des cavernes pour s'envoler vers l'ouest. Au cours de sa dernière aventure, son voyage intérieur, Amos avait vu l'un des cinq frères Grumson qui lui avait conseillé de chercher le continent aérien dans cette direction. Selon les dires de Mékus, une fois rendu là-bas, il pourrait rencontrer une porteuse de masques en difficulté et à qui il manquait plusieurs pierres de puissance de la terre pour compléter sa collection. C'était dans le but de lui venir en aide que le garçon se dirigeait vers le continent de l'air avec, en poche, les pierres manquantes que Lolya avait fabriquées.

Au sommet d'une haute falaise dominant un océan sans limites, Maelström et Amos prenaient du repos en fixant l'horizon avec fascination. Ils étaient à la pointe occidentale de leur continent, l'extrême bout du monde. Devant eux s'élevait la Grande Barrière qui les séparait d'un autre continent à explorer.

Au pied de l'escarpement, un peu en retrait, on pouvait apercevoir un village. Ses habitants avaient surnommé cette falaise majestueuse «le Bout du bout». Ils y avaient érigé un phare rudimentaire en pierre pour guider leurs bateaux de pêche durant les jours de brume ou les nuits sans lune. Cet endroit avait quelque chose de magique, car on pouvait encore sentir la présence des nombreux voyageurs qui, avant Amos et Maelström mais tout comme eux, s'étaient demandé si la vie existait de l'autre côté de l'océan. Un écriteau planté au bord de la falaise annonçait: «C'est ici que la terre finit et que la mer commence.»

– Regarde à tes pieds, Maelström... Tu vois cette fleur? Elle est très rare. Lolya m'en a déjà parlé plusieurs fois. Je ne me souviens pas de son nom, mais je reconnais ses contours irréguliers qui la font ressembler à l'œillet. Tiens, je vais en ramasser quelques-unes que je ferai sécher en route pour les lui offrir à notre retour. Elle les utilisera sûrement dans une...

Amos s'arrêta net. Il venait de se rappeler la dernière discussion qu'il avait eue avec Lolya et il espérait la revoir un jour.

– Dans une?... Oui? Je t'écoute, Amos... Dans une quoi? l'interrogea le dragon, curieux de connaître la suite.

– Oui, euh… dans une de ses préparations, Maelström… dans une de ses préparations…, finit par dire le garçon en essayant de se concentrer. Tu la connais, si on passe à côté d'un ingrédient essentiel et que…

– Crois-tu que cela peut s'arranger entre vous deux? l'interrompit Maelström qui avait été témoin de la scène de rupture.

– Je l'espère tellement, soupira Amos. Tu sais, sans le vouloir, je l'ai profondément blessée… J'espère qu'elle pourra me pardonner.

– Le temps arrangera certainement les choses. Tiens, je vais t'aider à cueillir ces fleurs. Ce sera peut-être une bonne façon pour toi, grand frère, de rétablir le contact et de vous réconcilier.

– Oui, tu as raison! Lolya sera ravie de mon cadeau. Et une fois que nous serons rentrés, elle n'aura plus qu'à réduire en poudre les fleurs séchées si c'est ce qu'elle désire.

Amos et Maelström se mirent à la tâche. Cela leur donnait l'impression d'emporter avec eux un peu du continent qu'ils allaient bientôt quitter. Avec soin, le porteur de masques rangea ensuite les petites plantes dans son sac, les plaçant de façon à bien les protéger, un peu comme si elles représentaient l'amitié de Lolya.

– Bon, Maelström! lança-t-il, de bonne humeur. Te sens-tu prêt pour le grand voyage?

– Oh! que oui! lui confirma le dragon. Espérons seulement que nous pourrons nous poser en route. Je n'ai jamais traversé un océan de ma vie et je crains de m'épuiser pendant un si long trajet!

– On s'assurera que le vent soit bon pour nous, fit Amos en souriant pour le rassurer. Prêt? Allons-y!

– Allons-y! répéta le dragon en déployant ses ailes. Et advienne que pourra!

***

Amos et Maelström volaient sans arrêt depuis maintenant deux jours. Ils avaient traversé sans peine la Grande Barrière en échappant à la surveillance de l'Homme gris, le géant de brouillard. Le vieux gardien ne les avait pas vus, trop absorbé qu'il était à observer la mer à la recherche de bateaux indésirables. Les dieux l'avaient créé, lui, pour empêcher les humains qui naviguaient de traverser cet océan, mais on ne lui avait pas demandé de scruter le ciel pour repérer les créatures volantes! Comme l'Homme gris obéissait aux ordres sans même s'interroger, il ne lui était jamais venu à l'esprit que les humains pourraient un jour voler. Ainsi, les flagolfières des luricans décollaient de chez eux, l'île de Freyja, de l'autre côté de la Grande Barrière, pour lui passer quotidiennement au-dessus de la tête sans qu'il s'en fût jamais douté. Sans compter que plusieurs humains empruntaient aussi cette voie avec ce même moyen de transport. Par exemple, certains des chevaliers de Junos faisaient régulièrement route entre Berrion et le luricanoport d'Upsgran pour se rendre jusqu'à l'île des luricans afin de consolider le commerce extérieur. Ils en profitaient pour surveiller les frontières de ce tout petit royaume dépourvu d'armée. Flag avait aussi un nouveau projet en cours. Il était en train de faire construire, sur son île, une station balnéaire entièrement réservée aux chevaliers de Berrion qui pourraient y emmener leur famille pour les vacances. Évidemment, Junos appuyait de tout son cœur ce nouveau projet qui permettrait à tous ses hommes et aux leurs de connaître une culture différente. Les travaux allaient bon train et le premier hôtel des luricans allait bientôt ouvrir ses portes. S'il avait déjà représenté une menace pour les humains, l'Homme gris était maintenant dépassé par les nouvelles technologies. Il arrive ainsi que des personnages ayant jadis eu une certaine influence sur le monde soient relégués lentement aux légendes ou aux contes qui amusent les enfants.

— Tiens, ça sent le mouton! lança soudainement Maelström en battant des ailes.

– Le mouton ? répéta Amos qui pensait avoir mal entendu.

– Je l'affirme, grand frère, ça sent le mouton !

– Depuis deux jours que nous survolons la mer, Maelström, je comprendrais que tu puisses détecter des odeurs de poissons, d'algues ou même, à la limite, de crustacés, mais une odeur de mouton ?!… Ton odorat doit te jouer des tours…

– Tu permets que je dévie un peu vers le sud ? J'aimerais en avoir le cœur net en suivant cette odeur pour savoir où elle mène. C'est d'accord ?

– Fais comme tu l'entends. Nous verrons bien de quoi il s'agit !

Deux longues heures plus tard, Maelström poussa un cri de joie. Amos, qui sommeillait en se laissant bercer par le mouvement répétitif des battements d'ailes, s'éveilla en sursaut.

– Qu'est-ce qu'il y a ? Qu'est-ce qu'il y a ? demanda-t-il, les yeux hagards.

– J'avais raison, mon frère ! Regarde devant toi !

Le dragon se laissait planer à vive allure vers une grande île où, au loin, un volcan laissait échapper de sa cheminée une épaisse fumée grise. À première vue, l'endroit était paradisiaque, mais Amos décida de sortir sa lunette d'approche pour regarder attentivement les lieux. Les reliefs accidentés de l'île présentaient une nature spectaculaire où se côtoyaient de larges coulées de lave refroidie et de gigantesques chutes d'eau alimentant une multitude de lagons aux eaux vertes et bleues. À quelques endroits, la végétation luxuriante servait de refuge à des colonies d'oiseaux aux couleurs tout aussi vives les unes que les autres. Comme Maelström obliquait vers la côte ouest de l'île, un énorme troupeau de milliers de moutons se dévoila au regard médusé d'Amos.

– Eh bien, toutes mes félicitations ! lança le garçon, impressionné. Ton odorat est formidable !

– Penses-tu que nous pouvons nous permettre de prendre un moment de repos sur cette île ? demanda le dragon qui commençait à s'épuiser sérieusement. Et puis, j'aimerais beaucoup me mettre quelques-unes de ces bêtes sous la dent ! J'ai l'estomac dans les talons et j'en ai marre de manger du poisson.

– Permission accordée ! approuva Amos qui avait bien besoin de se dégourdir les jambes. Regarde, là, nous pouvons peut-être nous poser sur le…

Il fut interrompu par une gigantesque pierre qui, lancée depuis l'île, vint heurter Maelström de plein fouet. Complètement assommé par le projectile, celui-ci plongea en piqué vers le sol.

– MAELSTRÖM!!! NOUS TOMBONS, MAELSTRÖM! NOUS TOMBONS!!! hurla le garçon afin de réveiller sa monture.

Rien à faire, le dragon était K.-O. Pour éviter un écrasement fatal dans la forêt, le porteur de masques utilisa ses pouvoirs sur le vent et fit dévier leur trajectoire vers un lagon. Puis, à l'aide d'un autre sort, il réussit de justesse à transformer la fluidité de la lagune en un coussin aquatique moelleux. Après quelques rebonds qui ralentirent leur chute, l'eau redevint normale et les deux compagnons s'y engloutirent. Maelström revint vite à lui et commença à se débattre frénétiquement pour ne pas se noyer. Il n'était pas du tout doué pour la nage, et Amos dut une fois de plus utiliser ses pouvoirs afin de solidifier le liquide autour de son ami. C'est donc en marchant sur l'eau que le dragon regagna la rive pour ensuite se laisser choir sur le côté, épuisé. Amos le rejoignit en quelques brasses.

– Eh bien, dit-il en reprenant son souffle, on ne s'attendait pas à ça, n'est-ce pas?

– C'est ma faute, Amos, soupira Maelström. J'aurais dû être plus vigilant, mais, au lieu de ça, je n'ai pensé qu'aux moutons. Je me voyais déjà en train d'en croquer un ou deux.

– Ne t'en fais pas. L'important, c'est que nous soyons sains et saufs! Je me demande quelle sorte de machine a bien pu projeter cette grosse pierre avec autant d'adresse. Elle a frappé avec une telle force et aussi précisément que la flèche d'un archer qui arrive à anticiper le mouvement de sa cible. En tout cas, nous sommes vivants ! Tu n'es pas blessé, au moins, Maelström ?

– Non, je ne crois pas… mais voudrais-tu regarder un peu mon flanc gauche ? J'ai mal… juste là…

– Je ne vois rien, affirma Amos en tâtonnant la peau écailleuse de son ami. Dommage que Lolya ne soit pas là… Elle détecterait tout de suite ce qui ne va pas.

– Bof, ça ira ! Après tout, on ne peut pas effectuer un tel atterrissage sans le moindre bobo. Je m'en remettrai… Que faisons-nous maintenant ?

– Exactement ce que nous avions planifié. Tu as besoin de repos et, moi, j'ai besoin de me dégourdir les jambes. L'endroit est splendide pour prendre une bonne pause, et si tu veux te rassasier, tu n'as qu'à attendre la tombée de la nuit pour survoler le troupeau et en attraper un ou deux.

– Bonne idée, approuva Maelström qui avait avant tout besoin de faire une sieste.

– Moi, je vais me balader dans les environs, histoire d'explorer un peu.

Le dragon ronflait déjà. Afin qu'il soit plus à l'aise, Amos le débarrassa de son harnais, puis il prit quelques affaires dans son sac et s'enfonça prudemment dans la jungle. Ce type de végétation dense ne lui était pas très familier, lui qui venait des forêts de conifères et de feuillus. La chaleur et l'humidité de cette région du monde étaient aussi nouvelles pour lui. Amos avait bien connu l'aridité du désert, mais jamais dans ses aventures il n'avait respiré cette moiteur suffocante qui ne le lâchait pas. De grosses gouttes de sueur perlaient déjà sur son front et il dut s'arrêter pour boire un peu.

« À ce rythme-là, pensa-t-il, ma gourde sera bientôt vide ! Pour être plus efficace dans ce genre d'environnement, je devrais faire comme Médousa : modifier la température de mon corps. »

Grâce au masque de feu, Amos éleva un peu sa chaleur corporelle et ne tarda pas à mieux respirer. Ensuite, afin de faciliter sa marche à travers la forêt, il fit appel au masque de la terre et demanda aux végétaux de le laisser passer. Aussitôt, la jungle lui ouvrit un passage qu'il n'avait plus qu'à suivre.

Maintenant libéré de la chaleur et plutôt à l'aise dans ses déplacements, le garçon atteignit rapidement le gigantesque pâturage où des milliers de moutons ruminaient nonchalamment de l'herbe bien verte. D'un coup d'œil rapide, Amos y chercha la machine de guerre qui avait catapulté la pierre, mais il ne la vit pas. Étant certain qu'elle avait été projetée de cet endroit et curieux de savoir qui avait bien pu les attaquer, il décida de se dissimuler parmi les moutons. Ainsi caché, il attendit dans l'espoir d'apercevoir un berger, un fermier ou une sentinelle quelconque, mais personne ne semblait garder les bêtes. D'ailleurs, le terrain n'était même pas clôturé…

« Le propriétaire du troupeau n'est vraiment pas inquiet pour ses bêtes…, songeat-il. À moins qu'il n'y ait aucun prédateur sur cette île ! »

Comme il réfléchissait, le cri strident d'un oiseau de proie retentit au-dessus de lui. Les bêtes s'agitèrent et se mirent à courir dans tous les sens. Amos leva les yeux et vit un aigle gigantesque qui planait dans le ciel. Tout à coup, de grosses pierres se mirent à voler en direction du prédateur qui réussit à les éviter toutes. Loin d'être découragé et vif comme l'éclair, l'aigle plongea vers les moutons et, de ses deux serres, il en saisit un, puis il disparut bien vite au-dessus de la jungle. Un autre cri, mais celui-là de rage, résonna aux oreilles du garçon.

Amos se retourna et demeura interdit en voyant non loin de lui, à la lisière de la forêt, une créature qui bondissait sur place en lançant des invectives contre le ciel. C'était un être immense dont la taille dépassait largement le plus haut des arbres de l'endroit. Le poil hirsute, les lèvres charnues et pendantes et les bras démesurément longs, la créature avait une corne au milieu du front et, plus bas, en plein centre du visage, un œil unique.

Avec ses grandes mains, le géant souleva un rocher et le propulsa de toutes ses forces en direction du voleur ailé. Le projectile demeura longtemps au-dessus du sol avant de retomber dans la jungle. Un terrible bruit de branches cassées retentit de façon spectaculaire. L'aigle n'avait pas été touché; il était déjà loin et atteignait maintenant le sommet du volcan.

«Nous voilà dans de beaux draps, se dit Amos en regardant la créature se démener. Nous sommes tombés sur une île de cyclopes. Si les contes et les légendes disent vrai sur leur compte, il vaudrait mieux ne pas traîner ici…»

Le cyclope cessa soudainement son manège tapageur pour renifler quelques bons coups autour de lui. Il y avait bien longtemps que le monstre n'avait pas senti ce parfum exquis, ces doux effluves qui le mettaient en appétit. Elle était là, tout près de lui, cette odeur si caractéristique de l'humain. Il commençait à saliver drôlement. Devant le spectacle du géant qui bavait, Amos retint son souffle.

« Oh non ! C'est certain que le cyclope vient de me repérer…, pensa-t-il. Si Béorf était ici, il me dirait : "Amos, on est dans la merde !" Et je lui répondrais : "Mon ami, bonne observation !" »

4
L'œil rond

Les origines des cyclopes, dans le monde d'Amos, étaient aussi obscures que la raison de leur œil unique au milieu du front. Cependant, plusieurs contes parlent de ces créatures monstrueuses comme étant de fameux forgerons qui vivaient tout près des volcans où ils avaient installé leurs fourneaux. D'autres histoires rapportent encore que les cyclopes faisaient jadis partie d'une race de géants à trois yeux, dont un se trouvait derrière la tête, et qu'ils étaient devenus les protecteurs de fabuleux trésors. Mais peu importe leur origine, tous les gardiens de la mémoire insistent sur la tendance presque obsessionnelle qu'avaient les cyclopes à vouloir manger les humains. En effet, pour ces monstres, rien n'aurait été plus délectable au monde que d'avoir sur la langue un homme, une femme ou un enfant à croquer ; et seul le goût de la chair humaine les aurait transportés dans des états seconds proches de l'euphorie.

Tandis qu'Amos tâchait de se rappeler ce qu'il avait appris sur les cyclopes, une vieille histoire de Junos lui revint à la mémoire. Cela racontait l'horreur d'un banquet de cyclopes dans un village dont les nombreux habitants avaient tous été avalés les uns après les autres une fois que l'odorat hypersensible de ces géants leur avait permis d'attraper toutes leurs victimes. Au souvenir de ce dernier détail, le porteur de masques écarquilla les yeux de stupéfaction et, machinalement, il renifla son avant-bras. Quoiqu'il ne détectât aucune odeur anormale, il décida tout de même de décamper le plus rapidement possible.

En outre, Amos savait que les cyclopes vivaient en bande et que la viande de mouton constituait la base de leur alimentation.

« Le vent…, pensa-t-il avant d'abandonner sa cachette dans le troupeau de moutons. Je dois absolument changer la direction du vent afin que mon odeur lui échappe. »

Aussitôt dit, aussitôt fait. Amos leva le bras, et le vent changea de côté.

« J'espère que cela me permettra d'atteindre la forêt sans avoir à me battre. J'espère aussi que Maelström aura eu le temps de récupérer, car je n'ai pas envie de m'attarder une seconde de plus ici. En attendant, il faut que je rejoigne vite le lagon. »

Comme il allait sortir de sa cachette pour courir vers la jungle, le garçon s'aperçut avec effroi qu'une bonne dizaine de têtes de cyclopes avaient émergé de la cime des arbres autour de lui. Avec leurs grosses narines qui humaient l'air avec férocité, elles étaient tout aussi laides les unes que les autres. Amos songea que son odeur avait fort probablement déclenché une chasse à l'homme sur toute l'île et que ce serait à qui trouverait l'humain le premier afin de s'en délecter.

Il réfléchit vite et saisit deux moutons qu'il plaça en étau de chaque côté de lui. Habituées à ne pas résister à leurs impressionnants bergers, les bêtes se firent dociles, et Amos, soigneusement accroupi entre elles et les doigts bien agrippés à leur pelage, avança ainsi jusqu'à la forêt. Bien sûr, il aurait pu combattre ces monstres, mais Sartigan lui avait appris que les vrais héros ne livrent pas de combats inutilement, mais tentent plutôt de les éviter. Le porteur de masques savait également qu'il n'aurait rien à gagner en affrontant les cyclopes et qu'il devait respecter tous les êtres vivants du monde, même ceux qui dévoraient les humains.

« Vers le lagon, maintenant ! » se dit-il en relâchant les deux moutons.

Malheureusement, il arrive parfois que, même avec la meilleure volonté du monde, les choses ne se passent pas comme on l'avait prévu. Dès qu'Amos amorça sa fuite, une énorme main le captura brutalement et le souleva de terre pour le porter directement à la bouche d'un cyclope. Grâce au masque de la terre, le garçon changea son propre corps en pierre avant que le monstre ne le croquât. Au moment crucial, quelques grosses dents du géant butèrent contre sa proie et éclatèrent en morceaux. Hurlant de douleur, il recracha Amos. Ce dernier, dégoulinant de salive et de sang visqueux, put reprendre sa forme humaine. Pour empêcher le cyclope de le poursuivre, il transforma en sables mouvants la terre sous son adversaire qui s'y enfonça jusqu'à la taille. Puis il fit durcir la matière boueuse afin de l'immobiliser, l'abandonna sur place et s'élança dans la jungle. Le cyclope réussirait certainement, après de gros efforts, à se sortir de ce piège.

Pour accélérer sa course vers le lagon, le porteur de masques créa une puissante masse d'air qui, tout en le propulsant vers l'avant, lui servirait de bouclier si jamais il entrait en collision avec un arbre. Chacune de ses enjambées était extraordinaire à voir. On aurait dit qu'il était devenu une bête volante. Avec une agilité et une légèreté surprenantes, il bondissait d'un tronc d'arbre à une branche, puis retombait sur le sol en effectuant une pirouette. Une seule de ses vertigineuses poussées lui faisait accomplir des pas de géants qui pouvaient l'élever d'un coup au-dessus de la cime des palmiers. En très peu de temps, Amos atteignit le lagon et termina sa course par un plongeon qui fit office de frein et qui le nettoya de la salive et du sang infects du cyclope.

Le bruit de ce plongeon spectaculaire réveilla Maelström qui ouvrit doucement les yeux.

– Nous devrions rester ici quelques jours, grand frère, proposa-t-il à Amos qui sortait de l'eau. L'air est bon, la nature est magnifique et le clapotis de la petite chute est relaxant.

– Cela va te décevoir, mon vieux, mais nous devons partir d'ici au plus vite !

– Ah oui ? Et pourquoi donc !? demanda le dragon, étonné.

– Écoute, cette île est infestée de cyclopes. Justement, je viens de faire connaissance avec la mâchoire de l'un d'eux et je peux te dire que je n'ai aucune envie de m'éterniser ici. Tu sais, les moutons que nous avons survolés ? Eh bien, ce sont LEURS moutons !…

– Zut ! Et j'imagine que ce sont eux qui nous ont lancé la grosse pierre ?

– Exactement, petit frère !

– Alors, tu as raison, nous devons partir et poursuivre notre route. Par contre, j'aurais bien aimé manger quelques-uns des moutons… Enfin! je me contenterai encore de pêcher de gros poissons et cela devrait suffire à me remplir l'estomac.

– Tu es sage, Maelström. Maintenant, approche que je replace le harnais de voyage.

Alors que les deux voyageurs se préparaient à décoller, d'effroyables cris leur parvinrent. On aurait dit des hurlements de douleur qui provenaient de la plaine des cyclopes. Comme si les monstres s'entre-déchiraient.

– Mais qu'est-ce qu'il se passe là-bas? demanda le dragon, figé. Leur aurais-tu joué un mauvais tour, par hasard?

– Mais non! Je ne leur ai rien fait, moi, à ces créatures! s'exclama sincèrement Amos. Bon d'accord, j'ai piégé un cyclope qui cherchait à me dévorer, mais sans plus…

– À les entendre hurler comme ça, ce doit être grave… Qu'en dirais-tu, Amos, si nous allions y jeter un coup d'œil?

– Je suis d'accord, mais soyons très prudents! répondit le garçon, curieux de savoir ce qui pouvait bien se passer plus loin. À moins que… Tu sais, Maelström, les cyclopes combattent d'énormes aigles qui vivent au sommet du volcan. Les oiseaux leur volent parfois des moutons et les géants ne semblent pas trop les apprécier! Peut-être que ces cris que nous entendons ont quelque chose à voir avec ça…

– Oui, c'est possible… Mais j'y pense… Peut-être qu'ils nous ont confondus avec les aigles quand ils nous ont attaqués. Qu'en penses-tu, Amos?

– Je crois plutôt que les cyclopes ont détecté ton envie de chair fraîche de mouton! Bon, allons-y, maintenant!

Maelström étira ses ailes et, en manœuvrant habilement, il s'éleva au-dessus des arbres.

– Prends encore de l'altitude, lui dit Amos. De cette façon, nous serons protégés d'éventuels jets de pierre. Voilà… Maintenant, je vais les observer avec ma lunette d'approche!

Le dragon avait obéi docilement car, tout comme Amos, il n'avait pas envie d'être la cible d'un autre projectile qui aurait pu l'envoyer au sol. Un atterrissage forcé par jour était largement suffisant.

– Je n'arrive pas à le croire! lança Amos en observant la plaine des cyclopes. Ils sont…

– Oui? Ils sont?! Ils sont quoi? fit Maelström en traversant un gros nuage de fumée opaque qui s'élevait de l'endroit.

– Morts! Ils sont tous morts!

– Morts? Comment ça, morts?

– Descendons, allons voir!

À travers sa lunette, Amos voyait les corps brûlés et déchirés d'une dizaine de cyclopes. Certains avaient des membres arrachés, et leur mine terrifiée donnait à penser qu'ils avaient tous subi un terrible choc. Des milliers de moutons gisaient sur le sol, et la plupart étaient complètement calcinés. On aurait dit qu'une bombe avait sauté en plein centre du pâturage et que seuls les animaux qui avaient eu la chance d'être suffisamment éloignés s'en étaient sortis, leur pelage néanmoins roussi par le feu.

En se posant sur le sol, Amos constata que ses yeux ne lui avaient pas joué de mauvais tour : une grande partie de la plaine avait bien été saccagée et l'herbe calcinée dégageait toujours une épaisse fumée. On avait l'impression qu'une tornade de feu était passée et avait ravagé l'endroit. Tout à coup, le porteur de masques se mit à douter des conséquences qu'avait pu avoir son utilisation du masque de l'air et, un peu inquiet à l'idée d'être responsable d'une telle catastrophe, il tenta de se remémorer chacune de ses actions afin de s'assurer qu'il avait un contrôle adéquat de ses masques.

« Est-ce qu'il se pourrait que j'aie eu un instant de distraction qui aurait provoqué tout ça ? Il m'est bien arrivé de faire brûler Berrion accidentellement... Par contre, les circonstances étaient bien différentes...

En plus, je ne me rappelle pas avoir ordonné au vent et au feu de s'unir dans un tourbillon. Pourtant, c'est ce qui semble être passé ici… Tous ces sillons calcinés… »

– Amos ? Tu crois que je pourrais me servir, là, maintenant ? demanda subtilement le dragon.

– Hein ? Quoi ? Te servir ? Te servir de quoi, Maelström ?

– Les moutons, Amos. Je te demande si je peux manger quelques moutons qui sont déjà morts, précisa Maelström, excité par le parfum du gargantuesque festin qui l'entourait.

– Ah ! d'accord ! Mais vas-y… sers-toi, approuva Amos distraitement, car il venait de remarquer quelque chose d'intéressant.

Il s'approcha de ce qui ressemblait à deux empreintes et découvrit qu'il s'agissait de deux traces de bottes dont les semelles semblaient être constituées de petits ossements liés les uns aux autres en une tresse épaisse. Le plus curieux, c'est qu'il n'y avait aucune autre trace alentour.

« Voilà un indice du coupable. Celui qui a fait cela est arrivé sur l'île par les airs, supposa le garçon. Il s'est posé ici, il a jeté son mauvais sort, puis il est reparti vers le ciel. Je me demande bien quel genre de guerrier est capable d'un tel prodige ? Peut-être un puissant magicien icarien ? En tout cas, manifestement, il n'aime pas beaucoup les cyclopes ! »

Cette dernière explication suffisait à Amos et il était enfin prêt à partir. Il se retourna pour en aviser Maelström mais, à le voir s'empiffrer de moutons, il préféra ne pas le déranger et décida de retarder encore un peu le moment du départ. Pour passer le temps, il marcha lentement le long du pâturage et avisa un large sentier. C'était sans doute le chemin qu'empruntaient les cyclopes pour se rendre à leur troupeau.

En suivant le chemin à travers la jungle, Amos se retrouva bientôt à l'entrée d'une énorme grotte. Partout autour gisaient d'innombrables bateaux délabrés qui, loin de la mer, se détérioraient maintenant dans l'humidité tropicale.

« Les pauvres marins n'ont pas eu de chance, pensa le garçon. Les cyclopes n'en ont probablement fait qu'une bouchée. Ce cimetière de bateaux éventrés, juste à l'entrée de leur grotte, indique bien que les mangeurs d'hommes ont fouillé les navires de fond en comble à la recherche de survivants. »

Comme il allait retourner à la plaine et mettre fin au festin du dragon, une idée lui traversa l'esprit.

« Peut-être que je pourrais trouver quelques bonnes cartes de navigation dans ces bateaux, se dit-il. Elles me seraient très utiles pour la suite de mon voyage.»

En commençant sa fouille, Amos remarqua un étrange bateau aux épaisses parois transparentes évoquant la forme d'une baleine. Malgré sa fragilité apparente, c'était l'épave la plus épargnée de toutes. Cependant, le garçon ne trouva rien d'intéressant à bord, sinon des dizaines de grosses boules de métal rondes ressemblant à des boulets de canon. Pressé par le temps, il décida de ne pas s'y attarder et se mit à la recherche de cartes, de journaux de bord ou de cahiers de notes qu'il pourrait emporter.

5
Fana et l'Homme gris

Fana Ujé Hiss commençait à être fatiguée. Elle voyageait sur la mer depuis plusieurs jours, et l'esprit du dauphin allait bientôt lui échapper. Dans un ultime effort de concentration, la jeune porteuse de masques essaya d'entrevoir mentalement le continent de la terre, mais elle échoua de nouveau dans sa tentative d'établir le contact psychique qui le lui aurait permis. Lasse, elle laissa tomber la boule de métal qu'elle tenait entre ses mains et, du même coup, son petit bateau s'arrêta net.

– Ah non!!! s'écria-t-elle en regardant avec dépit l'étendue d'eau infinie qui l'entourait. Je déteste perdre le contact avec les esprits de la mer! On dirait qu'ils font exprès de me compliquer la vie!

La jeune fille était seule sur son embarcation qui ressemblait à une grosse chaloupe translucide. Elle était vêtue d'une longue robe tissée d'algues multicolores que le vent du large faisait s'agiter sans relâche, et les nombreux colliers de coquillages qu'elle portait à son cou rehaussaient l'aspect délicat de son crâne chauve.

« Grrr ! ragea-t-elle intérieurement. Me voilà perdue maintenant ! Je savais bien que je ne devais pas écouter mes guides spirituels ! J'aurais dû ne me fier qu'à moi-même ! Je m'aperçois bien que ce n'est pas l'esprit du crabe ou de la tortue qui peut venir à mon aide ici ! Pff ! en plus, je déteste leur attitude pompeuse et leur fausse sagesse d'ancien... pff ! »

Pour l'instant, il n'y avait rien à faire et, pour tenter de se calmer un peu, Fana décida de casser la croûte. Elle tendit le bras pour saisir un sac duquel elle sortit un long filet de pêche, tissé si finement que l'on aurait pu croire qu'il s'agissait d'un filtre quelconque. En maintenant fermement la corde du filet qui était lesté d'un anneau de métal, elle le jeta à l'eau pour le ressortir quelques minutes plus tard rempli de krill, ces petites crevettes dont Fana Ujé Hiss raffolait.

Elle adorait croquer ces minuscules crustacés verdâtres qui éclataient dans sa bouche comme du maïs et, depuis toujours, elle savait qu'il n'y avait pas meilleure collation pour la santé. Sur son île, le krill avait la même importance que le blé pour les habitants de

Berrion, ou que le manioc chez les Dogons du sud, et c'était aussi la nourriture préférée de la baleine qui pouvait en avaler plusieurs tonnes chaque jour. Il était la base d'une bonne alimentation quotidienne, ce à quoi Fana accordait beaucoup d'importance.

« Mmm, fit-elle en portant la nourriture à sa bouche. Le krill d'ici est vraiment sucré! Le plancton doit y être particulièrement dense, et la lumière, abondante... Mmmm, c'est délicieux... »

Pendant qu'elle dégustait son petit repas, la jeune fille remarqua qu'un épais brouillard se dirigeait vers elle. Elle ne s'en soucia guère et elle s'en laissa envelopper sans sourciller. Les changements climatiques étant très fréquents sur le continent d'où elle venait, cette levée soudaine de brouillard lui parut tout à fait normale. D'ailleurs, l'esprit de l'oursin lui répétait fréquemment: « Dans la vie, il n'y a que le changement qui est permanent! »

Mais lorsqu'elle vit le visage d'un vieillard se dessiner dans le gros nuage, juste au-dessus de son bateau, Fana sursauta. Comme l'avait déjà fait Amos Daragon en un autre temps et un autre lieu, elle nota que sa barbe était découpée dans une brume claire, presque lumineuse, et que son visage avait le gris des matinées vaporeuses et fraîches de l'automne.

La voix vacillante du curieux personnage se fit soudainement entendre :

– Holà ! on ne passe pas ! Tu es ici devant la Grande Barrière et j'en suis le gardien. Voyageur, retourne d'où tu viens, car il est écrit, dans les tables de lois du ciel et des enfers, qu'aucun humain n'est autorisé à franchir cette frontière !

– Mais… mais… Ah bon ? fit la porteuse de masques, déconcertée. C'est que je dois absolument me rendre sur le continent de la terre, s'il existe, évidemment.

– Recule, voyageuse, ou tu erreras dans le brouillard éternel de ma puissance divine ! vociféra l'Homme gris.

– Mais, s'il vous plaît, peut-être que vous pouvez me dire si j'étais sur la bonne…

– Quitte ces eaux sans tarder ! l'interrompit la créature de brume. Et prends garde, car ma puissance est grande, et ma patience, limitée.

– Bien, bien, bien…, répéta Fana qui commençait à être excédée par l'attitude sentencieuse du gardien. Seulement, je voudrais juste savoir …

– Pars au loin, fille de la mer, avant que je ne mette à exécution…

– ÇA VA ! ÇA VA ! J'AI COMPPRIS ! hurla la fille. Maintenant, dites-moi de quel côté je dois aller pour partir d'ici ?

Surpris par le ton sec de la jeune naviga-
trice, l'Homme gris resta muet et lui indiqua,
avec son gros doigt de brume, la direction à
prendre.

– MERCI ENCORE POUR VOTRE
GENTILLESSE ET VOTRE AIDE! cria encore
Fana, pleine de colère, en prenant place au
centre de sa barque.

En scrutant la mer à travers les parois transparentes de son embarcation, la jeune porteuse
de masques remarqua, assez profondément
sous elle, le mouvement caractéristique d'un
banc de thons. Elle se plaça aussitôt en position
du lotus, saisit la boule de métal indispensable
à sa navigation et la mit sur ses genoux. Elle
y posa ensuite ses mains pour tenter d'entrer
en contact avec l'esprit du thon. Cette fois-ci,
le lien s'établit rapidement et un poisson fut
attrapé par les ondes cérébrales de la jeune fille.

– Esprit du thon, demanda-t-elle respectueusement, conduis-moi à la terre.

Comme par magie, un thon rouge gigantesque bondit hors de l'eau et s'y maintint pour
tirer l'embarcation vers le nord. Curieusement,
aucun harnais ni aucune corde ne reliait
le poisson et le bateau. Seules les ondes
cérébrales de Fana, amplifiées par la boule de
métal, servaient de lien entre elle, l'animal et
la barque.

Promptement, la jeune fille quitta la région de la Grande Barrière pour naviguer vers une île toute proche. Avec ses pouvoirs sur les éléments, Fana aurait facilement pu forcer un passage à travers l'Homme gris, mais son code d'éthique lui prescrivait de n'employer ses masques qu'en ultime recours. Elle avait jadis fait cette promesse à sa maîtresse et guide spirituelle, une femelle lamantin très sage qui lui avait tout enseigné du mystère des mers et de la vie aquatique.

Les humains qui habitaient sur le continent de l'eau devaient s'intéresser à l'océan pour meubler leur vie. Ce continent étant majoritairement constitué d'îles, de marais, de glace et de vapeur, il n'y avait pas l'espace nécessaire pour s'y établir en large colonie et encore moins de sols adéquats pour pratiquer l'agriculture. Voilà donc pourquoi une grande partie de ses habitants vivaient dans d'immenses cloches de verre, sous l'eau, où ils avaient aménagé de magnifiques villes regorgeant d'une flore marine luxuriante. Contrairement aux autres humains, les femmes et les hommes de cet endroit possédaient des facultés psychiques étonnantes qui leur permettaient d'entrer en contact direct avec les esprits des créatures marines. Ainsi, à l'image de Fana, ils avaient la possibilité de voyager sur l'eau sans trop d'efforts, ou de demander de l'aide afin que leurs constructions sous-marines soient respectueuses de l'environnement. Comme les cheveux, qui recouvrent habituellement le crâne, brouillaient souvent les ondes des communications spirituelles entre humains et esprits marins, la plupart se rasaient entièrement la tête. Au fil des générations, la race humaine qui s'était établie sur le continent de l'eau s'était tellement bien adaptée à l'environnement qu'aujourd'hui les enfants naissaient chauves et le demeuraient assez longtemps. Fana s'était rasé la tête pour la première fois à l'âge de huit ans et, depuis, une tonte par année suffisait largement à garder son crâne lisse.

Après quelques heures de voyage, l'esprit du thon abandonna la jeune voyageuse tout près d'une petite île aux hautes falaises. Après avoir ancré son bateau et rangé sa boule de métal dans son étui spécial, Fana prit le temps de jeter un coup d'œil autour d'elle.

« Enfin, voilà autre chose que de l'eau ! Voyons maintenant si quelqu'un pourra me renseigner au sujet du continent de la terre, se dit-elle en ramassant quelques affaires. Voilà… Oh ! je ne dois pas oublier mon arc et mes flèches !… Bien, voilà… »

La jeune fille plongea ensuite dans la mer et nagea comme un poisson vers la falaise.

Après plusieurs brasses, elle se hissa sur un petit promontoire adjacent à l'escarpement rocheux. Une fois de plus, elle s'installa en position du lotus et implora un esprit de la mer de lui venir en aide. Après avoir établi un contact avec l'énergie du crabe, Fana put ranger sa boule et c'est accompagnée de la finesse, de la force et de l'agilité du crustacé qu'elle commença à escalader, à mains nues et sans équipement, la paroi abrupte.

Les yeux plissés et l'esprit concentré, Fana posait ses mains et ses pieds toujours aux bons endroits. Elle savait reconnaître les meilleurs appuis et les prises les plus sécuritaires. Souvent obligée de faire des mouvements acrobatiques, elle n'hésitait pas, chaque fois que c'était nécessaire, à se suspendre dans le vide en s'agrippant d'une seule main ou encore à faire reposer tout son poids sur un seul orteil! Il lui fallut une heure à peine pour gravir l'escarpement; ce que plusieurs humains, même bien équipés, ne seraient arrivés à faire qu'en une journée complète. Une fois qu'elle fut rendue au sommet, l'esprit du crabe la quitta et c'est avec stupéfaction qu'elle mesura alors ce qu'elle venait d'accomplir.

« Ouf! se dit-elle en s'éloignant un peu du bord de la falaise. Quel mur! Et tous ces oiseaux qui sont nichés là! J'espère que je ne les ai pas trop effarouchés. »

Fana tourna ensuite son regard vers l'étendue de terre et remarqua la beauté des longues herbes qui ondoyaient dans la brise tiède. Tout à coup, elle vit passer au trot, plus loin devant elle, d'étranges créatures à la longue crinière. Elles se tenaient en petits groupes et poussaient régulièrement des hennissements. Il s'agissait d'hippocampes de terre qui, manifestement, étaient beaucoup plus robustes que leurs homonymes des mers.

Fana avait sous les yeux un petit troupeau de chevaux sauvages que les luricans aimaient tant. Elle ignorait tout de ces animaux, mais elle fut charmée par sa découverte. Lorsque les hippocampes eurent disparu au loin, la jeune porteuse de masques marcha jusqu'au centre de la petite île où une imposante plateforme construite en plein centre d'un cercle de dolmens avait été érigée.

Quelques gardes en armure y étaient postés et la saluèrent de la tête sans lui poser de question.

« Des hommes de métal ! s'étonna intérieurement Fana en observant furtivement leur plastron. L'esprit du phoque m'a déjà parlé de ces peuples qui taillent la pierre pour en faire des armes tranchantes. Ils sont si poilus qu'on dirait des bêtes ! Je ne dois pas être très loin du continent de la terre. »

En effet, les gardes portaient tous la barbe et les cheveux longs. L'un d'eux s'avança vers Fana et lui adressa la parole. Incapable de comprendre la langue dans laquelle il lui parlait, la jeune fille posa discrètement la main sur sa boule de métal et se concentra un petit moment, le temps de prendre contact avec l'esprit de son interlocuteur afin de décoder son langage.

— Mademoiselle… mademoiselle… ça va, mademoiselle? disait-il sans cesse. Auriez-vous besoin d'aide? Pardonnez-moi, mais vous me semblez confuse…

— Oui, oui…, répondit-elle, vous avez raison, j'ai fait un long voyage et je me sens très fatiguée…

— Ha! ha! Les longs voyages me font aussi le même effet, fit l'homme avec enthousiasme. Et dites-moi, vous arrivez d'où?

— Je viens… je suis du continent…

— Comme moi! Vous êtes arrivée par la flagolfière de ce matin?

— Oui, oui, c'est ça! se hasarda à répondre Fana. Et comme je souffre un peu du mal… du mal de terre…

— Ha! ha! Le mal de l'air, vous voulez dire, mademoiselle!

— Oui… c'est ça, le mal de l'air… désolée! Le mal de l'air! Ma langue a fourché comme l'espadon se pique parfois!

– Comme l'espadon se pique parfois? répéta l'homme. Tiens, je ne la connaissais pas, celle-là… L'espadon se pique parfois… Vous venez de quelle région?

– J'habite près… près de la mer… sur la côte, balbutia Fana. Vous voyez? C'est un tout petit village. Tout petit et très, très reculé. Ça ne vous dit probablement rien. Euh… excusez-moi, j'aimerais savoir quand la fla… la flagnol…

– La flagolfière?

– Oui, bien sûr, la flagolfière! Pouvez-vous me dire quand elle retournera sur le continent?

– Il y a deux vols par semaine, mademoiselle. Le prochain aura lieu dans trois jours, si le temps le permet, bien entendu. Consultez votre ticket, toutes les informations devraient y être inscrites.

– Mais oui, bien sûr, le ticket…, fit nerveusement Fana. Pardon, monsieur, une dernière chose… Que gardez-vous donc, ici? Y aurait-il de dangereux rôdeurs aux alentours?

– Ha! ha! ha! Non, mademoiselle, pas à notre connaissance en tout cas! dit le sympathique garde. Nous avons été engagés par les luricans pour surveiller l'île. Il semble que nos petits amis craignent que des griffons viennent envahir leur domaine. Cela fait un mois que je suis ici et jamais je n'ai vu quoi que ce soit de dangereux.

– Alors, tant mieux, répondit Fana en souriant. Bon, eh bien… au revoir, alors ! Bonne journée !

– Bonne journée, mademoiselle !

Sans trop savoir où aller, Fana contourna la plateforme pour apercevoir, à quelques pas d'elle, une charmante petite guérite. Elle s'en approcha et vit, à l'intérieur, un petit bonhomme roux qui fumait la pipe et jouait aux dés.

– Je peux vous aider, chèrrre demoiselle ? lança distraitement le lurican en apercevant la jeune fille.

– Oui, mais oui… C'est que j'ai perdu mon ticket de retour, mentit Fana, fière de son improvisation. J'ignore comment rentrer sur le continent sans cela.

– Pas de prrroblème ! Je vais vous en fairrre un autrrre, mais faites bien attention de ne pas l'égarrrer, celui-là !

– D'accord, c'est promis, dit la porteuse de masques avec un sourire charmeur. Merci, c'est très gentil à vous de me dépanner.

– Mais c'est tout naturrrel, affirma le lurican en s'arrangeant les cheveux pour mieux paraître. C'est que vous avez des yeux enchanteurrrs, mam'selle ! Ils sont si grrrands, si beaux et si verrrts. Alorrrs, voilà votrrre billet ! Dites-moi, est-ce que j'aurrrai la chance de vous rrrevoirrr au bal de ce soirrr ?

– Le bal de ce soir? fit Fana. Il y a une fête ce soir?

– Oui, au norrrd de l'île, surrr la colline, l'informa le lurican, les yeux pétillants. Nous l'avons orrrganisée pourrr un grrroupe de tourrristes qui séjourrrnent surrr l'île. Il s'agit d'une petite fête folklorrrique prrrécédée d'un rrrepas trrraditionnel lurrrican. Vous aimerrrez, c'est sûrrr! Tous les gens du continent adorrrent!

– Ça semble sympathique, en effet, répondit Fana, ravie. Alors, c'est d'accord, j'y serai! À ce soir!

– Et bon séjourrr chez nous! conclut le guichetier en lui faisant un petit clin d'œil.

Heureuse de cette première rencontre avec les habitants de cette île située au large du continent de la terre, Fana alla s'installer confortablement près de la falaise. Elle respira l'air iodé de la mer et se plaça en position de méditation, sa boule de métal sur les genoux. En se concentrant, elle parvint à entrer en contact avec l'esprit du hareng. Dès lors, son âme quitta son corps et elle se dématérialisa.

6
Premier contact

Amos avait bien fait de suivre son intuition en prenant les documents dans les bateaux, car il avait maintenant entre les mains une série de cartes, de plans et de notes, souvent rédigés dans une langue incompréhensible, mais dont les dessins procuraient de bons repères pour s'orienter. Le porteur de masques et son dragon s'étaient posés sur un rocher émergeant au large de l'île, et examinaient un des schémas nautiques avant de poursuivre leur route.

– Tu vois, Maelström, commença Amos en lui indiquant un tout petit point sur la carte abî-mée, je crois que nous sommes précisément ici.

– Si c'est le cas, nous ne sommes pas à la veille de toucher le continent ! s'exclama le dragon. Te rends-tu compte que la distance à parcourir, seulement pour atteindre la première île, est phénoménale ? Je ne tiendrai pas dans les airs jusque-là ! Il me faudra prendre au moins une pause et je ne vois aucun endroit sur cette carte pour atterrir quand ce sera nécessaire.

– C'est vrai que la distance est importante…, murmura le garçon en réfléchissant. Mais nous pourrions accélérer notre vitesse grâce à mes pouvoirs sur le vent… Qu'en penses-tu?

Le dragon perçut soudainement une odeur familière et leva la tête pour mieux humer.

– Ça sent le cheval! lança-t-il en scrutant le ciel.

– Tu divagues, Maelström, répondit Amos en riant. Nous sommes à mille lieues de toute terre et il n'y a pas de chevaux ici, c'est tout à fait impossible.

– Nous serons bientôt fixés. L'odeur se rapproche… Oui, c'est ça… Elle est de plus en plus forte.

– D'où vient-elle?

– Tu vois le gros nuage, au-dessus? Eh bien, c'est…

Maelström s'arrêta lorsque de grands chevaux blancs aux larges ailes émergèrent du nuage. Il y avait une bonne dizaine de pégases qui volaient en formation serrée, chacun monté par un cavalier.

– Euh… que fait-on? demanda le dragon, saisi par ce qu'il voyait.

– En tout cas, je crois que nous ne devrions pas nous faire remarquer tout de suite, suggéra Amos. Viens! Cachons-nous sous l'eau!

– Mais je nage très mal, Amos, tu le sais bien…

– Tu n'auras qu'à t'accrocher au récif. Vite, Maelström, les pégases approchent !

– Non… je t'assure… je ne peux pas… j'ai peur de l'eau… Je le jure, je ne peux pas !

– D'accord ! D'accord !! fit le garçon, un peu exaspéré. Alors, couche-toi sur la pierre et ne bouge pas. Surtout, aucun mouvement !

Maelström obéit promptement. Ensuite, en utilisant ses pouvoirs sur la terre, Amos transforma la peau du dragon en un calcaire dont la couleur se fondait avec celle du récif, après quoi, sans plus tarder, il plongea dans l'eau. En espérant que les cavaliers qui les survolaient n'y verraient que du feu, il brouilla la surface pour mieux se dissimuler et attendit que l'escadrille passe. Capable de respirer sous l'eau grâce à son contrôle des éléments, le porteur de masques resta ainsi jusqu'à ce que l'ombre des cavaliers aériens eût disparu, puis il remonta à la surface.

Sur le rocher, le dragon ne prit aucun risque et demeura immobile jusqu'au moment où Amos vint annuler le sort de camouflage.

– Ça va, Maelström. Allez, viens et dépêche-toi. Nous allons les suivre !

– Les suivre ? Tu crois que c'est une bonne idée ? lança la bête de feu, perplexe.

– Ça peut en être une excellente même ! Cette patrouille aérienne nous conduira vers le continent, j'en suis certain !

– Alors, ne perdons pas de temps, répondit Maelström en déployant ses ailes. Je volerai assez loin derrière, et légèrement au-dessus d'eux. De cette façon, nous limiterons leurs chances de nous apercevoir.

– Excellent ! s'exclama Amos en grimpant sur la selle. Ne perdons pas de temps, ils avancent vite.

– Procure-moi un bon coup de vent pour décoller. Cela m'aidera parce que j'ai trop peu d'espace pour prendre un bon envol.

Aussitôt la demande formulée, une forte bourrasque s'engouffra sous les ailes de la bête qui se vit d'un coup propulsée dans les airs.

– Continue ! cria le dragon. Nous prendrons de l'altitude plus rapidement !

En quelques petites minutes et avec l'aide d'Amos, Maelström se positionna à bonne distance derrière les pégases. Le garçon sortit alors sa lunette d'approche et observa avec attention les cavaliers. À sa grande surprise, il remarqua que c'étaient non pas des homme mais bien des femmes qui chevauchaient les bêtes volantes. Elles possédaient toutes un bouclier qui semblait léger et en forme de demi-lune, en plus d'une longue lance qu'elles tenaient d'une main. Dans leur dos, un arc et un carquois de flèches et, à leur ceinture, une imposante hache à deux tranchants s'ajoutaient à leur armure en cuir épais. Amos avait beau ajuster sa lunette, il lui sembla que chacune de ces guerrières n'avait plus de sein droit.

– Et puis? lui demanda le dragon dont l'odorat était plus développé que la vue.

– Ce ne sont pas des hommes mais des femmes, Maelström! lui répondit Amos. On dirait des walkyries mais, contrairement aux guerrières vikings, elles sont moins robustes et ne portent pas de casque de métal ni d'armure de mailles. Elles n'ont pas les cheveux tressés non plus… De plus, écoute ça, ces cavalières n'ont pas de sein droit!

– Toutes? C'est étrange… D'après toi, y aurait-il une bonne raison à cela?

– Oui, probablement pour mieux tirer à l'arc! supposa le garçon en les observant toujours. Nous devons être très prudents, car elles doivent être de fameuses guerrières. Juste à leur façon de diriger leur monture, on voit bien qu'elles ont été formées pour combattre.

Deux cavalières se détachèrent de la formation aérienne, l'une vers la gauche, et l'autre vers la droite.

– Mais où peuvent-elles bien aller? lança Maelström en les suivant du regard. Il n'y a même pas de terre en vue!

– Mauvaise nouvelle! s'écria Amos. Nous avons été repérés! Prends garde, car je présume qu'elles vont nous prendre à revers. Regarde, il y en a encore deux qui viennent de quitter leur formation!

– Nous nous défendrons, Amos! Je peux facilement en griller deux à la fois d'un seul souffle!

– Non, attends… Ne les combattons pas, répondit le porteur de masques en sortant ses oreilles de cristal[1] de son sac. Elles pourront peut-être nous aider pour rejoindre le continent! Nous avons besoin de nous en faire des amies, pas des ennemies!

– Et que comptes-tu faire pour y arriver?

– Jouer la corde de l'étrange et de l'insolite, Maelström! Mais je n'ai pas le temps de t'expliquer maintenant… Alors, en attendant, sois souple et joue le jeu, d'accord?

– À tes ordres, grand frère! J'ai l'impression qu'on va bien s'amuser!

Comme l'avait deviné Amos, les cavalières du ciel ne tardèrent pas à les encercler. Assise le

---

1. Cet objet magique offert à Amos par Gwenfadrille, la reine du bois de Tarkasis, accorde le pouvoir de comprendre et de parler toutes les langues, tout en donnant à celui ou à celle qui les porte l'apparence d'un elfe.

dos bien droit sur son pégase, l'une d'entre elles fit un geste du bras pour ordonner au garçon de les suivre. Ce dernier, qui avait eu le temps de mettre ses oreilles de cristal, acquiesça à sa demande d'un signe de la tête. Deux autres cavalières s'approchèrent alors et passèrent au cou de Maelström une chaîne longue et robuste. Vexé de se voir traité comme un animal, le dragon ne trouva pas ça drôle du tout et grogna en montrant les dents. Amos le calma rapidement en lui rappelant l'importance de se prêter au jeu pour l'accomplissement de leur mission. Toujours contrarié, Maelström soupira, mais se résigna à se laisser enchaîner.

Après deux bonnes heures de vol, le porteur de masques aperçut enfin une structure au beau milieu de l'océan. En approchant un peu plus, il distingua nettement une colossale tour de pierre qui séparait l'horizon en deux et dont les fondations étaient sous l'eau. Parfaitement cylindrique, elle était parsemée de grandes portes d'arche munies de herses et donnait sur d'immenses balcons. À son sommet, des ailes de moulin à vent tournaient à plein régime.

En arrivant à proximité de la tour, Amos vit, par des ouvertures, des écuries où s'affairait du personnel et où se reposaient, chacun dans leur stalle, des dizaines de pégases. Il remarqua aussi que tous les postes semblaient occupés par des femmes. De palefrenières à guerrières, de toute évidence, il n'y avait pas de place pour un homme dans cette tour.

« Il me faudra être très prudent, pensa-t-il en s'assurant que ses oreilles de cristal étaient stables. Les hommes ne semblent pas avoir une grande place ici ; il faudra que je sois habile pour dévier leur attention sur autre chose. Avec mes oreilles de cristal, je comptais jouer l'étrangeté, mais je devrai pousser mon personnage beaucoup plus loin. »

Toujours guidés par la cavalière en chef, la troupe et les prisonniers atterrirent sur l'un des nombreux balcons de la tour. La herse s'ouvrit lentement après que l'on eut ordonné à Amos de descendre de sa monture. Le garçon s'exécuta, mais, chose étrange pour son entourage, dès qu'il posa le pied par terre, une fumée commença à émaner de son corps. Les guerrières, craintives, reculèrent de quelques pas. Se conformant aux règles du jeu d'Amos, Maelström se racla la gorge et fit sortir de sa gueule quelques bouffées de gaz qui s'enflammèrent au contact de l'air.

Embarrassées, les guerrières attachèrent le dragon au balcon, puis l'une d'elles fit signe à Amos de la suivre à l'intérieur. Sans discuter, le garçon lui emboîta le pas en laissant échapper, de temps en temps, de longues flammes bleues, vertes et jaunes le long de ses membres. Aussitôt qu'ils furent près d'un escalier, une escorte de femmes robustes le conduisit à une grande guerrière au corps fin et allongé. Elle portait un casque de cuir orné de deux ailes de colombe blanche et un impressionnant trousseau de clés.

Au dernier étage du bâtiment, celle qui semblait être la gardienne des clés ouvrit une porte et fit entrer Amos dans une salle complètement dépourvue de fenêtres et de meubles, sans la moindre décoration. Le porteur de masques remarqua seulement que des torches éteintes étaient accrochées au mur et, grâce à ses pouvoirs sur le feu, il se fit un malin plaisir de les allumer toutes en même temps. La réaction fut unanime : toutes les guerrières présentes sursautèrent ! La femme au casque ailé poussa même un petit cri aigu en laissant tomber son impressionnant trousseau de clés.

Cependant, dès que la surprise fut passée, toutes se retirèrent en prenant soin de refermer la porte derrière elles. Amos entendit le bruit des pas s'éloigner dans l'escalier.

« J'ai le pressentiment que je ne resterai pas seul longtemps, songea-t-il. On reviendra sans doute m'interroger bientôt… Je dois réfléchir à une belle mise en scène… »

Le garçon s'appuya sur l'épaisse porte en bois renforcée de goujons de fer, puis il se concentra sur le masque du feu. Dans l'intention d'impressionner ses hôtesses, il calcina en moins d'une minute la porte qui s'effrita et dont seul le bruit des charnières dégringolant l'escalier de pierre eut tôt fait d'alerter les guerrières. Au lieu de s'enfuir, Amos s'assit au centre de la pièce en position de méditation, puis il forma un cercle de feu sur le sol, autour de lui. Il demeura ainsi, sans bouger, jusqu'à ce que la délégation de cavalières stupéfaites réapparaisse dans le cadre de la porte.

Lorsque, les paupières closes, le porteur de masques sentit leur présence, il se leva lentement, puis, d'un mouvement de bras très théâtral, il éteignit le feu sur le plancher. Seules les torches au mur demeurèrent allumées. Il invita ensuite les femmes à pénétrer dans la pièce.

Une dame plus âgée qui portait une robe longue blanche s'avança la première. Ses longs cheveux poivre et sel relevés en chignon, elle brandit vers le visage du garçon un pendentif de cristal et prononça une formule incantatoire incompréhensible, tellement son débit était rapide. Puis elle s'arrêta pour reprendre sa respiration.

– Qui es-tu et d'où viens-tu, créature de feu? demanda-t-elle ensuite en articulant exagérément.

– Je me nomme Morkus Grumson, mentit Amos en se rappelant l'élémental du feu qu'il avait rencontré au cours de son expédition à la tour d'El-Bab. Je suis un esprit du feu!

– Tu parles bien notre langue, esprit du feu! lui déclara la femme, étonnée. Et mon pendentif me dit que tes intentions ne sont pas belliqueuses. Dis-moi, pourquoi es-tu ici?

– Je suis ici, dans votre tour, parce que les vôtres m'y ont amené, répliqua le garçon avec une pointe d'ironie. Alors, madame, ce serait plutôt à moi de vous demander ce que je fais ici et pourquoi on me détient entre ces murs.

– Nous sommes des amazones, jeune homme. Nous sommes actuellement en guerre et tu étais sur notre territoire sans autorisation. Dis-moi, lorsqu'on t'a capturé, où allais-tu donc, créature de feu?

– J'allais porter secours à une jeune fille, répondit Amos avec franchise cette fois. Elle est en grand danger et je lui apporte des pierres magiques qui pourront la protéger.

– Quel est son nom et où se trouve-t-elle?

– J'ignore encore son nom et je ne l'ai jamais vue non plus. Tout ce que je sais, c'est qu'elle a besoin de moi. J'ai fait un long voyage jusqu'à maintenant et il est impératif que je trouve cette jeune fille. Croyez-moi, ce n'est pas votre territoire ou votre peuple qui m'intéresse, je cherche seulement à faire mon devoir.

La femme au pendentif recula pour se pencher vers l'oreille de la gardienne des clés.

– Tu crois qu'il parle de Tserle?

– On dirait. S'il pouvait nous en dire un peu plus…

L'amazone réfléchit quelques secondes, puis revint à Amos.

– Bien. La forme particulière de tes oreilles m'indique que tu n'es pas de notre race, mais tes intentions semblent nobles envers notre peuple. À travers mon prisme, je vois que tu nous as dit la vérité, mais je constate aussi que tu caches volontairement certaines informations. Parle-moi un peu de cette jeune fille que tu dois aider?

– Je répète que je ne la connais pas, car je ne l'ai jamais vue. Par contre, je sais qu'elle doit avoir de grands pouvoirs sur les éléments. Elle sait contrôler le vent, l'eau et le feu, mais sa maîtrise de la terre reste à parfaire.

– C'EST TSERLE! IL PARLE DE TSERLE! IL EST ICI POUR VENIR EN AIDE À TSERLE! s'exclama la gardienne des clés en tombant à genoux et en pleurant de joie. C'est ma jeune sœur que tu cherches, esprit du feu! Sois le bienvenu! Je t'indiquerai où la trouver!

– Un instant! s'écria la vieille amazone. Qui nous dit que ce n'est pas un espion? Ce ne serait pas la première fois que les dieux tenteraient de nous piéger! Je sens trop que cet esprit du feu nous cache quelque chose d'important et je veux éclaircir cette zone obscure avant de lui révéler quoi que ce soit! Alors, tiens ta langue, Goesje, et calme-toi!

La gardienne des clés demanda pardon à sa maîtresse pour son enthousiasme immodéré et reprit sa position derrière elle en baissant la tête en signe de soumission. Les deux ailes blanches de son casque de cuir tombèrent un peu sur son visage, laissant toutefois paraître une larme naissante au coin de son œil.

– Est-ce là tout ce que tu as à nous dire, Morkus Grumson? demanda la femme en robe blanche. Ne devrais-tu pas t'ouvrir et révéler le secret que tu nous caches?

Amos se dit qu'il valait mieux ne rien dire sur sa véritable identité de porteur de masques. Cette vérité engendrerait inévitablement d'autres questions sur sa provenance, sa mission et ses intentions. Pour Tserle, la jeune porteuse de masques, le temps était compté et le garçon ne devait pas prendre le risque de perdre ce précieux temps en se soumettant à un long interrogatoire inutile.

— Vous savez la vérité sur la mission que j'ai à accomplir et sur mes intentions, répondit-il. Pour des raisons que je n'ai ni le temps ni l'envie d'expliquer, la zone obscure que vous percevez ne vous sera pas révélée. Maintenant, je vous saurais gré de me laisser poursuivre ma route.

— Et si nous décidions de te garder afin de te faire parler davantage ?

— Alors, vous m'obligeriez à réduire votre magnifique tour en cendre.

— C'est tout ? Rien que cela ? demanda en s'esclaffant la femme qui semblait être sincère.

Amos posa sa main sur le sol et, grâce au masque de la terre, il ordonna à la pierre de se désagréger précisément sous les pieds de l'amazone qui ricanait toujours. Celle-ci eut à peine le temps d'exprimer sa surprise qu'elle disparut dans l'ouverture improvisée et tomba avec fracas sur le plancher de l'étage inférieur. Par le trou au-dessus d'elle, le garçon la regarda tenter de se relever en jurant comme une forcenée.

— Oui… comme vous l'avez dit, « rien que cela », fit Amos en lui souriant lorsqu'elle parvint à se calmer un peu.

— Tuez-le ! hurla l'amazone, de nouveau furibonde. C'est un espion des dieux ! TUEZ-LE !

— Vous venez de commettre une grave erreur, madame, soupira le porteur de masques.

7
La fuite

Grâce à ses pouvoirs sur l'air, Amos créa une petite tornade qui plaqua les amazones contre le mur. Elles heurtèrent la paroi et y demeurèrent collées comme des mouches dans du miel. Puis, à l'aide de la pression du vent, le porteur de masques fit s'ouvrir un mur de pierre pour lui permettre de s'échapper. Une partie de la pièce vola en éclats et le garçon s'élança en bas de la tour. Dans sa chute, il hurla le nom de son dragon.

Dès qu'il l'entendit, Maelström, toujours enchaîné à l'un des grands balcons d'atterrissage, réagit promptement en saisissant la chaîne avec ses dents. D'un seul coup de sa puissante mâchoire, il fit sauter plusieurs maillons à la fois et bondit à son tour dans le vide. L'amazone chargée de le surveiller essaya bien de le retenir, mais la queue du dragon la projeta contre la herse de l'entrée. La pauvre s'y cassa plusieurs côtes et une jambe avant de tomber dans les pommes.

Comme Amos allait percuter la mer, Maelström, rapide comme l'éclair, vint se placer juste en dessous de lui, et le garçon tomba à califourchon sur la selle de son brave ami.

— Enfin un peu d'action, grand frère! lança le dragon, tellement fier de sa manœuvre.

— Je trouve quand même ton temps de réaction un peu lent, petit frère! blagua Amos, ravi de le retrouver. J'espère que tu seras plus rapide la prochaine fois!

— C'est promis! répondit Maelström en riant à son tour. Sérieusement maintenant, dois-je penser que ta rencontre avec ces femmes ne s'est pas déroulée exactement comme tu l'espérais?!

— Tu as vu juste, mon frère. La rencontre a un peu dégénéré, si tu vois ce que je veux dire. Ce sont des amazones, elles doivent être une centaine, et elles ne nous seront pas d'un grand secours. Mais… j'ai quand même réussi à obtenir quelques informations.

— Alors, que proposes-tu maintenant? Je suis ouvert à toutes tes suggestions, mais, si tu veux mon avis, nous pourrions peut-être leur montrer à qui elles ont affaire!

— Je les ai menacées de détruire leur tour, mais je n'en ferai rien. Par contre, poursuivit Amos, je suis d'accord avec toi pour leur signifier que nous savons nous défendre!

Nous allons leur donner de quoi alimenter leurs conversations pour les cent prochaines années. Tu es prêt ? Alors, faisons demi-tour, petit frère, et, à mon signal, tu fais jaillir ton jet de flammes !

– Allons-y ! J'adore l'odeur du cheval rôti ! s'exclama joyeusement le dragon en exécutant son virage.

– Maelström, petit frère, ressaisis-toi. Il ne faut pas qu'il y ait de victimes innocentes. On ne se bat pas uniquement par plaisir, lui dit le porteur de masques pour le ramener à l'ordre. Vaincre sans blesser, voilà ce que nous devons faire.

– Dommage ! grogna Maelström. Tu suis trop les conseils de Sartigan, toi ! Et cela enlève beaucoup au plaisir de se battre.

– Attends un peu… Je crois que j'ai une idée qui, malgré tout, t'amusera beaucoup, vilain dragon !…

La bête de feu arriva face à l'armée des amazones qui avait repris son vol dans leur direction. Bien décidées à en finir rapidement avec le jeune impertinent, les guerrières décochèrent une volée de flèches et de lances. C'est le moment qu'Amos choisit pour demander à son dragon de cracher son feu. Avec ses pouvoirs sur l'air, il amplifia la flamme projetée par Maelström et en augmenta considérablement la chaleur, réduisant ainsi en poussière tous les projectiles qui leur étaient destinés. Cet échec stimula les cavalières dont l'envie de se battre redoubla d'ardeur. Aussi, prêtes à un inévitable choc aérien, elles dégainèrent leurs épées en fonçant toujours vers eux. Mais la suite des choses se passa autrement qu'elles l'avaient prévue…

Au cours de son bref passage dans leur tour, Amos avait remarqué que les armures des amazones étaient fabriquées à peu près toutes de la même façon. Les pièces de cuir des plastrons, des jambières, des jupes et des sandales avaient été assemblées à l'aide de robustes cordons, en cuir eux aussi, qui passaient par des œillets en métal. Le porteur de masques décida d'en tirer avantage.

Avant que les cavalières, épées brandies, n'atteignent le dragon, il se concentra afin que cèdent, sans exception, tous les œillets des armures de ses adversaires. Instantanément, les cordons retenant les différentes pièces de cuir se délacèrent et, bientôt, une multitude de jambières, de plastrons et d'épaulettes volèrent dans tous les sens. En quelques secondes, les redoutables guerrières se retrouvèrent en simple maillot de corps ou même complètement nues, ne sachant comment se cacher sur leur pégase. L'effarement leur fit lâcher lances et épées qui tombèrent dans la mer. Honteuses et humiliées, mais surtout incapables de se battre sans armes ni armures, elles rompirent leur formation aérienne pour s'enfuir de tous les côtés.

– Eh bien, grand frère, s'exclama le dragon, hilare, si je m'attendais à ça !

– Je t'avais dit que tu t'amuserais sans doute, non ? lança Amos, lui aussi mort de rire. Tu as vu ? Il n'était même pas nécessaire de les blesser ou de les tuer pour s'en débarrasser ! Oh ! bien sûr, nous aurions pu les enflammer ou même les emprisonner dans un cyclone qui leur aurait été fatal, mais cela n'aurait servi à rien !… Et puis, avoue que c'était beaucoup plus drôle ainsi !

– Oui, tu as raison. Je me souviendrai longtemps de l'air hébété de ces guerrières déplumées !

– Elles s'en souviendront longtemps aussi ! fit le garçon en s'esclaffant de nouveau.

– Quel est le plan maintenant ? demanda Maelström qui ne voyait toujours pas le continent.

– Continuons vers l'ouest. Comme la tour semble être un poste de garde, la terre ne devrait plus être très loin. Je vais examiner encore une fois les cartes de navigation. Peut-être que je trouverai un point de repère.

– J'espère que nous ne croiserons pas d'autres amazones qui ralentiront notre route !

– À moins qu'elles ne consentent à nous aider ! répondit Amos en retirant ses oreilles de cristal. Finalement, ce n'était peut-être pas une bonne idée de leur laisser croire que j'étais un esprit du feu pour les impressionner. Elles se sont bien doutées que je leur cachais quelque chose et c'est probablement la raison pour laquelle elles se sont rebutées. Si c'était à recommencer, je ferais les choses autrement…

– Même un grand porteur de masques peut se tromper, grand frère ! L'important, c'est que tu aies essayé !

– C'est toi maintenant qui parles comme Sartigan, le taquina Amos. Ouvrons les yeux, petit frère, et essayons de repérer ce satané continent.

Après une heure de vol, Maelström fit remarquer à son compagnon qu'ils étaient suivis. Bien plus loin derrière eux, Amos remarqua un point noir entre les nuages. Saisissant sa lunette d'approche, il lui sembla voir les contours d'un pégase chevauché par une amazone.

– Est-elle seule ? demanda le dragon.

– Je crois que oui, répondit le garçon, l'œil collé à son instrument. J'aimerais que tu ralentisses un peu, petit frère. Donnons-lui la chance de nous rattraper…

– Ah bon ? Pourquoi ?! s'étonna Maelström. Ce n'est pas très malin de s'échapper de leurs griffes pour ensuite les laisser nous rattraper !

– Il n'y a rien à craindre, petit frère, elle est seule…

– Je me tiens quand même prêt à la griller, si jamais elle voulait prendre sa revanche !… grogna le dragon en réduisant sa vitesse.

Maelström se laissa planer dans les courants d'air chaud, pendant que l'amazone se rapprochait d'eux. Amos finit par reconnaître la gardienne des clés de la grande tour, celle qui avait prétendu être la sœur de Tserle. Son casque ailé ne laissait aucun doute sur son identité.

Amos et Maelström laissèrent la cavalière s'approcher davantage. Elle affichait un air inquiet et sa monture semblait épuisée. Le porteur de masques enfila ses oreilles de cristal.

– Morkus Grumson, esprit du feu ! lança finalement l'amazone. Es-tu vraiment ici pour aider ma sœur ?

– Qui c'est, ça, Morkus Grumson ? demanda Maelström, interloqué, à Amos. Je crois qu'elle nous confond avec quelqu'un d'autre !

– Non, Maelström. Rappelle-toi, je leur ai raconté que j'étais un esprit du feu et je me suis présenté comme étant Morkus Grumson ! répondit Amos.

– Oh ! esprit du feu ! cria l'amazone. Si tu es vraiment venu pour aider Tserle, laisse-moi te conduire à elle !

– Est-ce que Tserle est bien une porteuse de masques ? l'interrogea le garçon.

– Oui, elle l'est !

– Alors, nous te suivons.

– Avant que je ne te conduise à elle, esprit du feu, tu dois te cacher un certain temps, car la grande armée des amazones te recherche activement. Nos dirigeantes sont persuadées que tu es un envoyé des dieux et, bientôt, mes sœurs auront parcouru tout le pays à ta recherche. Tu peux t'installer chez moi pour quelques jours... Personne ne se doutera que tu es caché au cœur même d'un village d'amazones.

– D'accord, je pense que c'est un excellent plan, approuva Amos, satisfait.

– Et un peu de repos ne nous fera certainement pas de mal, ajouta Maelström.

– Mais dis-moi, esprit du feu, par hasard, aurais-tu aussi le pouvoir de te soustraire à la vue des humains ? demanda la guerrière. Je préférerais éviter que les habitantes de mon village t'aperçoivent. Je les aime bien, mais je ne veux pas qu'elles mettent le nez dans les affaires de ma famille. Elles sont tellement curieuses !

– Lorsque nous arriverons près de ton village, répondit le porteur de masques, fais-moi signe et je dissimulerai notre arrivée.

– Bien! lança l'amazone, rassurée. Alors, un quart de tour vers le sud et allons-y!

Quelques heures de vol plus tard, Amos aperçut, dans sa lunette d'approche, une gigantesque falaise où était érigée, à même les parois, toute une agglomération de maisons. Le village tout de bois construit ressemblait, avec ses nombreux trottoirs et ponts suspendus, aux nids de terre et de boue que se faisaient certaines hirondelles contre les murs des maisons d'Upsgran. Des pégases volaient çà et là, alors que deux très grands aigles à tête blanche, perchés sur le toit de la demeure centrale, semblaient scruter l'horizon avec attention.

Connaissant le regard perçant des aigles, Amos comprit qu'il était temps d'utiliser ses pouvoirs afin de dissimuler leur arrivée. À l'aide de son masque de l'eau, il fit envoyer par la mer une épaisse brume qui enveloppa le village tout entier ainsi qu'une très grande partie du littoral. C'est à travers ce voile protecteur que l'amazone guida Amos et son dragon vers une grande maison construite dans les hauteurs du village. Les deux montures se posèrent sur son toit, puis pénétrèrent, par une large trappe du plancher, dans une vaste écurie pour pégases. La guerrière y installa son cheval et proposa à son jeune invité d'y laisser également son étrange créature. Amos se retourna vers Maelström pour obtenir son assentiment, mais celui-ci, heureux de s'arrêter, s'était déjà lové dans un coin pour dormir. Le porteur de masques annula son sort afin que disparût le brouillard, et la guerrière l'invita à la suivre à l'intérieur de sa demeure. Ensemble, ils empruntèrent un escalier les menant à l'étage inférieur.

À l'instar des autres constructions du village, la maison était entièrement faite de bois, et l'intérieur était splendide. De grandes fenêtres à carreaux donnaient sur la mer où les vagues dansaient avec la lumière du soleil. Au centre de la pièce trônait une imposante cheminée de pierre. De gros coussins de soie, quelques hamacs suspendus aux poutres, un petit garde-manger et des dizaines de tapisseries colorées constituaient l'essentiel du mobilier et de la décoration.

— Installe-toi confortablement, esprit du feu ! dit l'amazone. Tu es ici chez toi.

— Merci pour votre hospitalité, répondit Amos, mais comme nous aurons à conjuguer nos efforts pour venir en aide à votre sœur, il vaut mieux que je sois franc.

L'amazone se raidit.

– Que veux-tu dire ? demanda-t-elle.

– En vérité, commença le garçon, je ne suis pas un esprit du feu. Je suis un porteur de masques, exactement comme votre sœur, et, tout comme elle, j'ai la mission de rétablir l'équilibre de ce monde. Sachez aussi que je viens d'un autre continent où les humains vivent d'une façon très différente de la vôtre… Mais, tout comme vous, mes ennemis sont les dieux et…

– Mais tes oreilles… Tu n'es… tu n'es pas humain ! s'étonna la guerrière.

– En réalité, continua Amos en retirant l'une d'elles, ces oreilles sont des objets magiques qui permettent de comprendre et de parler toutes les langues. Sans elles, il me serait impossible de communiquer avec vous. Essayez celle-ci, vous allez comprendre !

La femme posa l'appendice de cristal sur son oreille et Amos se mit à lui réciter des vers d'un grand poète béorite. D'un côté de sa tête, l'amazone entendait une langue inconnue, alors que, de l'autre, elle comprenait chacun des mots prononcés par le garçon.

– Ça alors ! C'est fascinant ! lança-t-elle, séduite. Tu viens vraiment d'une contrée très avancée sur le plan de la magie ! Et tout le monde se parle avec ça, chez toi ? C'est magnifique !

— Malheureusement, ces objets sont très rares. Parmi les gens que je connais, il n'y a que mon ami Béorf qui en possède de semblables.

— Si tu es humain… eh bien… euh…, balbutia l'amazone, cela veut dire que tu peux être un mâle?

— Bien sûr, je suis un garçon!

— Mais… com… comment expliques-tu… ton?… bredouilla encore la femme qui ne voulait surtout pas insulter Amos. Je veux dire: comment expliquer que tu sois aussi intelligent? D'accord, tu as de grands pouvoirs, mais, tout de même, je ne comprends pas que tu réussisses à avoir une pensée complexe, une pensée qui dépasse tes besoins primaires. Les mâles ne sont-ils pas reconnus chez toi pour leurs grandes capacités physiques, mais également leur piètre intelligence?

— Sur le continent d'où je viens, précisa Amos, ce sont les mâles qui font la guerre, mais ils dirigent aussi les royaumes.

— Je n'arrive pas à le croire! lança l'amazone, stupéfaite. Mais comment un sexe aussi inférieur peut-il dominer les femmes?! C'est à n'y rien comprendre!

— Et pourtant, c'est bien ce qui se produit chez moi! Cependant, je dois dire qu'un roi gouverne souvent avec sa femme, qu'ils se partagent une partie du pouvoir, mais…

– Attends, attends…, l'interrompit la guerrière. Es-tu en train de me dire que, chez toi, les mâles partagent leur vie avec les femelles ? Les hommes et les femmes vivent ensemble ?

– Le plus souvent, oui, ils vivent en couple…

Une fois remise de cette révélation, l'amazone lui expliqua que, dans sa culture à elle, il y avait une très nette différence entre les mâles et les femelles. Les hommes étaient considérés comme des êtres très largement inférieurs et tous remplissaient des fonctions de serviteurs, de bergers, de fermiers ou d'ouvriers. D'ailleurs, ils n'avaient pas le droit d'utiliser les pégases et devaient donc se déplacer à pied ou en bateau. Alors que les femmes vivaient en sécurité sur les parois des falaises, les hommes étaient contraints de vivre à l'intérieur des terres où ils étaient constamment menacés par les géants, les cyclopes et les ogres, les trois races dominantes du continent.

Une fois par année, les amazones en âge d'avoir des enfants assistaient à une grande célébration où s'affrontaient en combat singulier les mâles les plus forts. C'est là que les jeunes guerrières et futures mères choisissaient leur compagnon et, dans une grande célébration, elles adoptaient officiellement leur mari. C'est ce même mari qui élevait les enfants jusqu'à ce qu'ils aient douze ans, car, dès cet âge, les filles allaient rejoindre leur mère pour devenir des amazones et les garçons demeuraient avec leur père pour continuer à servir la communauté de femmes.

— Et vous ? demanda Amos qui n'en croyait pas ses oreilles. Avez-vous des enfants ?

— En effet, j'ai la grâce d'être la mère de deux filles qui viendront me rejoindre dans quelques années. La vie avec les mâles les aura endurcies et ce seront de bonnes guerrières. Ah ! oui… j'ai aussi un fils, mais j'ai oublié son nom ! Il a eu de la chance de survivre, celui-là, car, normalement, lorsque les reines amazones jugent le nombre de mâles trop élevé, ils sont tués à la naissance. Mon petit est né trois heures après l'abolition temporaire de la loi. Son père en prend sans doute bien soin. Je lui fais confiance…

— Sur le continent de la terre, ce n'est pas ainsi que nous voyons la vie de famille, expliqua Amos. Nous croyons qu'un homme et une femme doivent vivre avec leurs enfants. Ou, si cela est impossible, qu'un autre adulte doit venir remplacer l'un ou l'autre des parents.

— C'est exactement ce que prônait ma jeune sœur Tserle avant d'être bannie de notre société. Elle disait que l'équilibre du monde commence par l'équilibre entre les mâles et les femelles. Je n'étais pas d'accord avec ce point de vue, mais je le respectais. Nos reines, elles, n'ont pas du tout apprécié ce discours et elles l'ont chassée. Tserle a été livrée aux dieux, sur la grande montagne du titan Hypérion.

– S'y trouve-t-elle toujours?

– Sûrement… enfin…, hésita la guerrière, j'espère qu'elle aura pu résister aux tourments qui lui sont infligés. Les dieux ne sont pas particulièrement cléments envers les amazones, car nous refusons de les prier et de leur rendre gloire. Nous croyons en nous-mêmes, en notre force intérieure.

– Bon, c'est bien tout ça, mais vous me faites réaliser que je n'ai plus de temps à perdre! Je dois me rendre immédiatement auprès de votre sœur! Indiquez-moi vite l'emplacement de la montagne. Le temps de Tserle est compté!

L'amazone réfléchit quelques secondes.

– Sois raisonnable. Toi et ta monture avez besoin de dormir, répliqua-t-elle. Ma sœur a été condamnée et envoyée à la montagne depuis de nombreuses saisons déjà! Ce ne sont pas quelques heures de plus qui y changeront quelque chose. Si, tout comme elle, tu es bien un porteur de masques, tu sais que tu auras besoin de toutes ton énergie pour utiliser tes pouvoirs afin de la secourir. Ne prends pas le risque de tout gâcher à cause de ton empressement.

– Vous avez raison, se ravisa Amos, il est en effet plus sage d'attendre un peu.

– Installe-toi ici confortablement, dit l'amazone, je t'apporterai de quoi boire et manger. Ça me donnera aussi le temps nécessaire pour préparer un itinéraire de vol sécuritaire jusqu'au mont d'Hypérion. Mais, pour l'instant, je dois rejoindre mon unité afin de justifier mon absence. Comme j'ai droit à quelques jours de congé, j'en profiterai pour demander à ma supérieure l'autorisation de partir. Ensuite, nous irons au secours de Tserle.

C'est alors que, contre toute attente, Amos bondit sur l'amazone et la plaqua sur le sol. Il plongea la main dans son collet et en ressortit un petit pendentif de cristal qu'il lui arracha brusquement. Aussitôt, le visage de la guerrière fit place à celui de la dame plus âgée qui l'avait interrogé dans la grande tour. Afin de l'immobiliser, le porteur de masques fit appel à son masque de la terre pour transformer ses jambes et ses bras en pierre. La femme était incapable de bouger, mais elle hurla :

– LAISSE-MOI, SALE MÂLE ! SINON, TU ME LE PAIERAS !

– Dès que je suis entré ici dans cette maison, dit Amos en s'amusant de la situation, j'ai remarqué et trouvé bizarre qu'une guerrière ne possédât aucune arme chez elle. Mais je me suis dit qu'après tout cela pouvait être possible. Mais lorsque je vous ai présenté une oreille de cristal, vous avez supposé que je venais d'une contrée très avancée en matière de magie. Une guerrière aurait trouvé cet objet curieux, voire amusant, mais seule une vraie sorcière pouvait apprécier à sa juste valeur ce genre d'objet ; vous vous êtes trahie. De plus, Goesje, la gardienne des clés, était tellement excitée, quand elle a compris que je pouvais aider sa sœur Tserle, qu'elle n'aurait certainement pas retardé notre départ comme vous l'avez fait. Chez moi, les magiciennes comme vous se nomment des « mentalistes » et plusieurs d'entre elles ont vraiment beaucoup de talent pour contrôler l'esprit de leurs victimes. Heureusement pour moi, vous n'êtes pas douée ! Alors, maintenant, parlons franchement !

– Tu es un petit misérable qui mériterait une bonne correction ! vociféra la vieille femme, toujours clouée au sol par le sort d'Amos.

– Je comprends que vous soyez déçue ! C'est normal, puisque votre plan est tombé à l'eau, répondit calmement le garçon, mais je vous conseille maintenant de coopérer avec moi, sinon, vous demeurerez ainsi, figée dans la pierre pour toujours.

L'amazone commença par se taire, puis décida à son corps défendant de collaborer.

– Très bien, petit malin ! siffla-t-elle. Tout ce que je t'ai dit sur Tserle ainsi que sur l'endroit où elle se trouve est vrai, crois-moi. Tu n'as qu'à utiliser mon pendentif pour te guider vers la montagne du titan Hypérion. Et ne te leurre pas, je me réjouis de t'aider, car je sais que tu ne reviendras jamais de ce voyage !

– Et comment fonctionne ce pendentif ? demanda le porteur de masques qui ignora l'avertissement de l'amazone.

– Tu n'as qu'à placer le cristal devant tes yeux et à exprimer ton désir de trouver Tserle. Ensuite, tu verras toi-même !

– Bien ! fit sans plus Amos en tournant les talons pour quitter les lieux.

– MAIS ATTENDS ! cria la vieille femme. Libère-moi, maintenant !

– Le sort s'estompera à mon retour. Si votre pendentif s'avère inefficace ou si je ne reviens pas, vous verrez vous-même ce qui arrivera !

– Tu es aussi fourbe que tous les mâles de ce continent ! ragea l'amazone.

– Dommage que vous ne sachiez voir que, en réalité, nous sommes tous les deux du même côté… C'est-à-dire contre les dieux et pour les humains ! En tout cas, merci de votre aide ! lança Amos avant de grimper l'escalier pour aller rejoindre Maelström.

8
Sur les traces d'Amos

Après avoir posé les pieds sur une île inhospitalière peuplée de cyclopes carnivores, Éoraki en était vite reparti grâce à TuPal, son immense chauve-souris, pour trouver un lieu de repos moins dangereux. Avant de quitter l'île, il avait dû griller, à l'aide d'une puissante tornade de feu, une bonne dizaine de cyclopes qui menaçaient de le manger, ainsi qu'une très grande partie de leur troupeau de moutons. De par sa culture et ses croyances, Éoraki considérait que tuer un ennemi pour se défendre n'était pas répréhensible. Habituée à être constamment pourchassée, la tribu des porcs-épics avait développé une philosophie basée sur l'indiscutable droit de se défendre. Ainsi, même démesurée, une riposte à une attaque ennemie demeurait, selon eux, légitime. Or, à l'image de son peuple, Éoraki avait un tempérament bouillant et ses actions frôlaient souvent l'exagération.

Complètement épuisée, TuPal s'écrasa sur une plage de sable fin d'une terre inconnue. La pauvre bête était allée au bout de ses forces pour éviter de tomber dans la mer. Son corps tremblait comme une feuille d'arbre dans le vent, et une épaisse couche d'écume lui couvrait la bouche. Pour se faciliter la tâche, Éoraki enleva quelques pièces de son armure d'ossements, puis porta son amie jusqu'à la mer. Il avança dans l'eau jusqu'à la taille, puis prit soigneusement le temps de laver la gueule de sa chauve-souris et de lui masser le dos et la partie supérieure des ailes. Les yeux révulsés de bonheur, la bête cessa de trembler sous les mains habiles de son maître. Le garçon lui délia les muscles du cou et décoinça quelques nerfs malmenés par les efforts soutenus en vol. Le son des craquements bénéfiques de l'ossature vint se mêler au bruit des vagues, mais, surtout, aux sifflements de bonheur de la créature.

– Bravo, TuPal, lui murmura Éoraki à l'oreille. Encore une fois, tu t'es surpassée. Tu es allée au-delà de tes limites et je t'en remercie! Ne crains rien, je veille sur toi maintenant et nous ne repartirons que lorsque tu seras complètement reposée. Tu es la meilleure compagne qu'un voyageur puisse avoir, TuPal! Que tes ancêtres soient fiers de toi, car les miens aujourd'hui louent les vertus de ta lignée.

Comme il allait sortir de l'eau avec TuPal dans les bras, le porteur de masques aperçut sur la plage trois grands guerriers à la peau noire qui l'observaient. Puis ils avancèrent dans l'eau et Éoraki remarqua que, tout comme lui, ils étaient ornés de peintures de guerre. À l'exception des couleurs, il s'agissait sensiblement des mêmes dessins abstraits que les siens. Tête rasée et parés d'énormes bijoux dorés enchâssés de pierres colorées ou d'ossements de petits animaux, ils portaient des vêtements simples, fabriqués dans des peaux de bêtes, qui laissaient entrevoir leur puissante musculature de combattant et, parfois, d'impressionnantes cicatrices de combats. Le nez épaté, les lèvres charnues et les dents taillées en pointe, ils ressemblaient tant aux membres de la tribu des corbeaux qu'Éoraki avait plusieurs fois combattue avec les siens qu'il se demanda s'ils n'en faisaient pas partie.

L'un des trois hommes s'avança davantage pour s'adresser au garçon qui, n'arrivant pas à décoder le message, haussa les sourcils en guise de réponse et se mit à reculer subtilement. Alors qu'Éoraki exécutait son mouvement arrière avec une extrême lenteur, les trois guerriers agitèrent leurs lances pour l'en menacer. Voyant qu'ils ne plaisantaient pas, le porteur de masques s'immobilisa, ne voulant pas mettre sa vie en danger, ni celle de TuPal qu'il tenait toujours dans ses bras. Les guerriers baissèrent leurs armes et lui ordonnèrent de les suivre hors de l'eau. Par crainte de tomber dans un piège, Éoraki leur fit comprendre par un geste qu'il préférait rester dans l'eau. Les guerriers désapprouvèrent son entêtement d'un signe de la tête et insistèrent pour l'emmener avec eux.

« S'ils avaient été de la tribu des corbeaux, songea Éoraki, ils auraient déjà essayé de me tuer pour s'emparer de TuPal. Curieusement, ces hommes ne semblent pas s'intéresser à ma chauve-souris et ils semblent me considérer, moi, comme une bizarrerie. Il vaut peut-être mieux les suivre… ce sera l'occasion de connaître leurs véritables intentions. Après tout, ils se sont montrés autoritaires mais pas vraiment agressifs. »

D'un signe d'approbation, le garçon leur signifia qu'il était d'accord pour les suivre. Sur la plage, il prit quelques instants pour poser TuPal et remettre son armure sous les yeux intrigués des hommes noirs. L'un d'eux s'approcha, le regard ébahi, et montra le symbole du porc-épic qu'Éoraki avait sur l'épaule. Il avait le même sur son propre mollet ! Cela étonna aussi le porteur de masques qui finit par afficher un sourire.

– Qui sait ? ces hommes sont peut-être de ma propre tribu dit-il tout haut, maintenant un peu plus rassuré sur le compte des inconnus. Viens, remonte dans mes bras, TuPal. Ces hommes nous offriront peut-être de la nourriture et un endroit sécuritaire pour nous reposer. Je crois que nous avons la chance d'avoir trouvé des alliés !

Plus confiant, mais pas trop non plus, c'est avec circonspection qu'Éoraki se laissa conduire dans la jungle. Il y avait longtemps qu'il n'avait pas vu une végétation aussi dense où la vie grouillait de toutes parts. Oiseaux, mammifères et reptiles se côtoyaient dans un concert parfois assourdissant de chants, de cris et de sifflements. La tête sur l'épaule de son maître et bien accrochée à lui, TuPal s'était vite endormie malgré tout ce tintamarre. Ses rêves la faisaient parfois sursauter, mais ses paupières demeuraient closes. La chauve-souris était sous la responsabilité d'Éoraki depuis sa naissance et celui-ci avait toujours su la protéger du danger. En contrepartie, TuPal lui offrait ses ailes et le transportait partout où l'aventure l'appelait.

Après une heure de marche, Éoraki et les guerriers noirs parvinrent à une clairière d'où partait une piste qui se dirigeait vers la série de petites montagnes rocheuses que l'on apercevait plus loin. Le garçon apprécia la brève pause que les guerriers firent, car le poids de sa chauve-souris commençait à se faire bien sentir. Puis ils se remirent en chemin et entreprirent l'escalade ardue d'une montagnes qui les mena à un premier village. Dans ce hameau aux maisons de terre et aux toits de chaume, le quotidien des habitants semblait appartenir aux siècles anciens. Cependant, Éoraki fut surpris de constater que ce peuple, qui semblait de prime abord aussi primitif que la tribu des corbeaux, était en fait très avancé. Il vit entre autres un grand barrage sophistiqué dont l'esthétique n'avait pas été négligée, ses remarquables parois de pierres taillées se fondant parfaitement les unes dans les autres. Un peu partout, chacun vaquait à ses occupations et, sauf quelques enfants amusés qui pointèrent TuPal du doigt, personne ne se soucia des trois guerriers et de leurs prises.

Ils traversèrent la petite communauté, puis gravirent un long sentier qui les conduisit à un deuxième village, celui-là constitué d'une bonne centaine d'habitations rectangulaires, toutes couvertes de fleurs aux couleurs vives, sur les toits desquelles avaient été aménagées de grandes terrasses d'où la vue sur la vallée et la jungle devait être spectaculaire. Éoraki remarqua un grand nombre de greniers coiffés d'un chapeau de paille conique.

La marche ne s'arrêta pas là et ils arrivèrent bientôt dans un troisième village, beaucoup plus haut dans la montagne. Les guerriers se dirigèrent vers une grande construction sans murs. Il s'agissait de la Togouna, ou Maison de la parole. Huit piliers de pierre soutenaient une toiture de chaume sous laquelle se rencontraient à l'occasion les villageois et leurs dirigeants. Une jeune fille noire couverte de magnifiques bijoux se montra et invita, avec un large sourire, les guerriers à y pénétrer et à prendre place sur l'un des bancs de bois. Éoraki les suivit et, toujours avec TuPal dans les bras, il s'installa près d'eux.

Après avoir échangé quelques mots avec les trois hommes, la jeune Noire s'adressa lente-ment à Éoraki qui ne comprit strictement rien à son étrange dialecte. Ennuyée, elle se retourna vers une servante postée non loin d'elle et lui donna un ordre. La femme s'éclipsa et revint, un moment plus tard, avec une autre jeune fille, peut-être un peu plus âgée mais qui ressemblait beaucoup à la première.

«Ce sont probablement des sœurs, se dit Éoraki en déposant à ses pieds TuPal endormie. Elles ont des bijoux et des robes identiques, elles sont coiffées de la même façon… Elles occupent probablement des fonctions similaires…»

Le porteur de masques nota cependant que la nouvelle venue, contrairement à l'autre, semblait lasse et que beaucoup de tristesse se lisait dans ses yeux.

Après un court échange entre les deux filles, celle qui semblait l'aînée fit signe à Éoraki de la suivre à l'extérieur. Comme il se penchait pour prendre TuPal, la plus jeune lui signifia qu'il pouvait laisser la bête afin qu'elle se reposât. Le garçon hésita quelques instants, mais, devant la grâce de son sourire, il décida de lui faire confiance et quitta l'endroit sans TuPal.

Avec la jeune fille mélancolique, il se rendit dans un bâtiment de brique où trônait, sur une table ronde, une grande assiette de faïence. La jeune Noire l'invita à s'asseoir, puis elle se tourna vers une colossale étagère où étaient alignés des dizaines et des dizaines de pots aux formes et aux couleurs différentes. Elle en choisit deux qui contenaient une poudre verte ; dans un autre, elle prit une pincée de safran ; d'un autre encore, elle sortit trois racines et, enfin, elle glissa sa main dans un plus gros pot pour attraper du papyrus. Elle déposa le tout sur la table et ouvrit devant elle un grimoire de magie. Elle approcha l'assiette dans laquelle elle prépara une étrange mixture qu'elle fit flamber.

– Tant que le feu brûlera, nous pourrons parler et nous comprendre, déclara-t-elle soudainement. D'où viens-tu, étranger ?

— J'ai fait un long voyage, répondit le garçon, épaté de pouvoir communiquer aussi facilement.

— Tu sais, j'ai rêvé à toi plusieurs fois, poursuivit la jeune fille. J'avais même déjà avisé ma communauté de ton arrivée prochaine.

— Mais… mais… tu peux prédire l'avenir?

— Oui, cela m'arrive à l'occasion, mais c'est assez rare. Permets-moi de me présenter. Je m'appelle Lolya et tu es ici chez le peuple des Dogons. La jeune fille qui t'a accueilli est ma sœur cadette, et elle règne sur notre peuple. Quant à moi, je remplis ici les fonctions de chamane…

— Tu es très puissante pour une personne aussi jeune, Lolya, dit respectueusement Éoraki. Ne serait-ce pour avoir réussi à nous faire comprendre l'un de l'autre, tu es prodigieuse. Chez moi, même les plus grands magiciens seraient incapables de créer un tel prodige!

— Merci pour ton compliment, répondit Lolya qui avait toujours une triste mine. Maintenant, écoute-moi attentivement. Dans un de mes rêves m'est apparue une dame très grande et tout de blanc vêtue, qui m'a chargée de te transmettre un message.

— Kalliah Blash! C'est Kalliah Blash, j'en suis certain! Je comprends maintenant!… C'est elle qui a guidé mes pas jusqu'à toi!

Elle a choisi de me parler à travers toi, une puissante chamane! Les dieux la bâillonnent et elle est devenue très faible... voilà peut-être pourquoi elle a besoin d'un intermédiaire pour communiquer. Dis-moi, Lolya, quel est son message?

– Elle a dit que tu devais trouver la porte qui te conduira vers son cœur. Elle a dit qu'il y avait quatre portes en tout, et que la tienne se trouvait sur le continent de l'air.

– Par hasard, t'aurait-elle aussi parlé d'un grand porteur de masques qui se nomme Amos Daragon? l'interrogea Éoraki. C'est que je dois le rencontrer afin de mener à bien ma mission. C'est grâce à sa sagesse que j'arriverai à rétablir l'équilibre du monde!

La jeune Noire était interdite. Puis, presque imperceptiblement, elle répéta le nom d'Amos et ne put s'empêcher de verser une larme.

– Tu le connais? demanda doucement Éoraki.

– Je l'ai très bien connu, oui, répondit la jeune fille. Si tu le croises un jour, s'il te plaît, dis-lui que... que...

– Je crois comprendre, continua le garçon, embarrassé. Vous avez peut-être vécu... enfin... peut-être êtes-vous promis l'un à l'autre?... Il te manque, n'est-ce pas?

– Disons simplement que c'est une situation un peu compliquée.

— Faites-vous partie du même clan ?

— C'est plutôt moi qui me suis jointe à son clan ! Bref, si tu le vois, j'aimerais que tu lui dises que je pense beaucoup à lui. Tout simplement.

— Je n'y manquerai pas, chamane Lolya, tu peux compter sur moi, promit Éoraki, la main sur le cœur.

— Depuis qu'il est parti, je ne suis plus que l'ombre de moi-même… Ce qui me tient en vie, c'est ceci ! lança-t-elle en plantant sa dague dans le bois de la table.

9
La porte de l'eau

Fana quitta donc l'île de Freyja en flagolfière et put ainsi se soustraire au contrôle de l'Homme gris. Plus tard, elle posa le pied sur le continent dans un sympathique petit village nommé Upsgran. Afin de pouvoir saisir le langage de l'endroit, elle laissait toujours une main sur sa boule de métal qui était enfouie au fond de son sac. Elle déambula dans les petites rues du port jusqu'à ce qu'elle aperçût une auberge à la façade accueillante. Elle y entra et s'informa s'il y avait une chambre à louer. Sans hésiter, la matrone lui remit une clé, mais exigea d'être payée sur-le-champ. Sans discuter, Fana sortit d'une petite bourse de magnifiques cailloux multicolores, tous de forme ovale. À la vue des pierres précieuses, la corpulente propriétaire afficha un sourire radieux et lui en demanda une pour chaque nuit qu'elle passerait dans son auberge. Pour la porteuse de masques, l'affaire était une véritable aubaine, car, dans son monde à elle, sur le continent de l'eau, ces pierres n'avaient presque pas de valeur. Il n'y avait pas non plus, pour ainsi dire, de système monétaire comme tel, puisque, au fil des années, le troc était pratiquement devenu la seule forme de commerce pratiquée.

« Je suis bien sur le continent de la terre, songea Fana en regardant l'aubergiste s'extasier devant les pierres. Ici, on doit accorder beaucoup de valeur à des choses comme l'or, le charbon, le bronze et le diamant. Plus une pierre est remarquable, plus elle a de la valeur… Mmm… intéressant… »

La jeune fille se dirigea ensuite vers l'escalier qui conduisait à la chambre qu'on lui avait désignée et elle s'étonna que tout ce qu'elle voyait fût fait de bois. De la structure de l'auberge jusqu'au lit et à l'armoire qu'elle découvrit en ouvrant la porte de sa chambre, tout avait été scié, taillé ou sculpté dans des troncs d'arbres. Elle avait l'impression d'être au cœur de l'un de ces contes pour enfants que lui racontaient les esprits de la mer lorsqu'elle était petite. Dans ces histoires, d'étranges créatures vivaient à l'intérieur des arbres. Elles étaient décrites comme des bêtes lourdes et velues qui sentaient mauvais. Fana sourit au souvenir de ces contes saugrenus et, absorbée dans ses pensées, elle ouvrit machinalement la fenêtre pour apercevoir, dans la rue, trois villageois se métamorphoser, là, devant ses yeux, en grosses créatures poilues !

– Mais c'est donc vrai ! dit-elle à haute voix. Il y a vraiment des êtres capables d'un tel prodige ! Ça alors ! Mes amis ne voudront jamais me croire !

Maintenant appuyée au rebord de sa fenêtre, la porteuse de masques ne tarda pas à constater que les hommes du village portaient tous d'impressionnantes barbes et que, pour leur part, les femmes avaient les cheveux longs. Les guerriers qui marchaient dans la rue étaient de véritables colosses, en général beaucoup plus costauds que ceux qu'elle avait déjà croisés dans toutes ses aventures. Même les luricans qui lui avaient fait faire le voyage en flagolfière étaient, excepté leur petite taille, assez semblables aux habitants d'Upsgran en ce qui avait trait à la pilosité.

« Mais… mais… qu'est-ce qu'une gorgone de mer peut bien fabriquer ici ? se demanda Fana en apercevant une créature à la chevelure de serpents. Mais comment est-ce possible ? Je dois en avoir le cœur net ! »

Sans attendre, elle sortit de sa chambre et descendit rapidement l'escalier pour sortir dans la rue où elle repéra vite la gorgone qu'elle entreprit de suivre à travers le village. La fille à la chevelure de serpents portait déjà deux sacs remplis de victuailles, mais s'arrêta tout de même devant l'étal d'un boucher pour y acheter des saucisses. Ensuite, elle se dirigea vers la sortie du village pour emprunter un petit sentier qui conduisait en haut d'une colline où se trouvaient les ruines d'une ancienne forteresse.

Or, juste avant de franchir l'arche d'un vieux portique de pierre, la gorgone se retourna subitement vers Fana qui sursauta:

— Alors? Tu n'as jamais vu de gorgone auparavant? Oh! mais oui, ironisa-t-elle, ce sont de vrais cheveux! Mais où sont donc passés les tiens?

— Je suis désolée, répondit Fana qui continuait de se rapprocher doucement. Excuse-moi. Je ne veux pas te déranger... Mais j'aurais aimé te poser quelques questions...

— Je n'ai envie de répondre à aucune question, soupira la gorgone, de fort mauvaise humeur. Vois-tu, j'ai un ami qui est très malade et je dois préparer le repas de ce soir! Alors, si tu veux bien m'excuser, je suis déjà en retard!

— Mais dis-moi seulement... Je croyais que les gorgones de mer ne se nourrissaient que de poissons et de crustacés, insista Fana. Et je vois que tes sacs sont pleins de légumes, de viande...

– Comment sais-tu que je suis une gorgone de mer?

– Oh! mais rien de plus facile! Tes serpents sont blonds! Et je parie qu'au contact de l'eau ta peau change de couleur, non?

– Oui, c'est très juste… Tu es bien informée…

– Dis-moi encore, que portes-tu donc devant les yeux? demanda Fana en pointant du doigt le drôle d'objet.

– Ce sont des lurinettes. Elles me permettent d'éviter de transformer en pierre tous mes amis, expliqua la gorgone qui avait fini par se radoucir.

– Ah oui? Comme c'est ingénieux! s'exclama la porteuse de masques, espérant établir une bonne relation avec la gorgone.

Fana fut heureuse de constater qu'elle avait au moins réussi à éveiller l'intérêt de la gorgone, car celle-ci prit quelques secondes pour l'observer des pieds à la tête. En l'examinant ainsi, Médousa pensa que cette jeune fille, quoique importune, n'avait pourtant pas l'air bien méchante avec sa longue robe, ses colliers de coquillages et son petit crâne lisse.

– À mon tour, j'ai une question: sais-tu préparer les carottes? lança-t-elle.

– Euh… non, je ne sais pas, répondit avec regret Fana, mais j'apprends très vite, tu sais!

– Alors, peut-être que tu sais faire cuire les saucisses?

– Non plus, je suis désolée. Mais je sais mettre le couvert, servir et desservir les plats comme il faut. Je sais aussi laver très bien la vaisselle… J'adore l'eau!

– Bien, fit Médousa avec un grand sourire, trouvant finalement cette fille bien sympathique. Tu es invitée à dîner et tu es également autorisée à poser toutes les questions que tu voudras… Si tu me donnes un coup de main, bien entendu…

– C'est d'accord, j'accepte! s'écria Fana, ravie de la tournure que prenait leur rencontre.

– C'est que nous avons du monde à nourrir. D'abord, il y a Béorf. Même malade, mon ami mange comme un ogre. Tu rencontreras aussi Geser qui ne parle que du dragon Maelström, tant il est inquiet depuis son départ. Puis tu verras Sartigan. Comme d'habitude, le maître n'avalera que deux bouchées sans rien dire et il ira vite se mettre au lit.

– Eh bien, cela m'ira! dit la porteuse de masques en riant. Excuse-moi, je ne me suis pas encore présentée, mon nom est Fana!

– Alors, bienvenue, Fana. Moi, c'est Médousa.

Les deux nouvelles amies pénétrèrent dans l'ancienne forteresse et préparèrent ensemble le repas du soir. Comme elle s'ennuyait beaucoup de Lolya, Médousa prit un grand plaisir à bavarder avec Fana. Elle lui parla longuement de ses amis, sans toutefois lui donner de détails sur les pouvoirs et la mission d'Amos, et elle raconta ses voyages aux quatre coins du continent. À la description que fit la gorgone de la cité de Pégase, Fana fut subjuguée et posa un tas de questions sur la ville des icariens et sur la façon dont ceux-ci vivaient.

Le moment du repas venu, Geser salua l'invitée de Médousa, puis, comme prévu, il ne cessa de parler du dragon Maelström. Quant à Sartigan, il serra gentiment la main de Fana, avala un morceau de pain et disparut aussitôt. Contrairement à ce qu'avait dit la gorgone, Béorf, lui, demeura couché, prétextant qu'il n'avait pas faim. Lorsque Geser eut terminé son assiette, il abandonna les deux filles qui se retrouvèrent en tête à tête.

– Heureusement, Fana, que tu es ici pour me tenir compagnie, dit la gorgone, les soirées sont si tristes depuis que Lolya est rentrée chez elle, que Béorf est malade et qu'Amos est parti à son tour… La vie était beaucoup plus palpitante quand nous étions réunis…

– Ils te manquent beaucoup, hein?

– Oui, et je trouve le temps long, soupira Médousa. En plus, comme Béorf est le chef du village, il y a toujours des gens qui viennent pour lui tenir compagnie et j'ai parfois l'impression d'être de trop. Puis Sartigan qui parle si peu et Geser…

– Oui, tu avais raison. On peut dire qu'il est vraiment inquiet pour son animal… Comment vous dites déjà ? un dragon ?

– C'est ça, un dragon. Tu n'avais jamais entendu parler de ces créatures de contes et de légendes ?

– Non, car, chez moi, les personnages des histoires ont davantage un lien avec la mer.

– Et raconte-moi à ton tour, d'où viens-tu ? Je t'ai beaucoup parlé de moi, mais je ne sais rien sur toi.

– J'arrive d'un village tout à fait ordinaire, répondit Fana qui se garda de révéler une partie de la vérité. Je suis venue ici pour tenter de découvrir une porte.

– Une porte ? ! Quel genre de porte ?

– Il s'agit de l'entrée d'un passage qui conduit très profondément à l'intérieur de la terre. En aurais-tu entendu parler, par hasard ?

– Franchement, non ! Et pourtant, je peux te dire que j'en ai vu, des choses étranges !

– On dit que cette porte serait recouverte de coquillages de toutes sortes et qu'elle serait gravée des dessins représentant la vie d'une grande princesse de la mer. Toi qui viens aussi du monde aquatique, n'as-tu donc jamais rien entendu à ce sujet?

Médousa se gratta la tête. Elle espérait trouver un indice qui pourrait aider Fana, mais rien de pertinent ne lui venait à l'esprit. Elle relata des bribes de son aventure à la mer Sombre, puis quelques histoires de kelpies qu'Amos lui avait racontées.

– Et rien qui parlerait de femmes mi-humaines, mi-poissons?

– Mais oui! Les sirènes! s'exclama Médousa. Pourquoi n'y ai-je pas pensé avant! Il y en a dans la baie, devant le village, et dans le royaume d'Omain d'où est originaire mon ami Amos Daragon. Il a même été témoin de la mort d'une princesse, là-bas!

– Sais-tu exactement où est morte cette princesse?

– Je crois que c'est dans la baie des cavernes, répondit la gorgone.

– Et comment se rend-on au royaume d'Omain?

– C'est facile. Tu vas plein sud jusqu'à la mer! Amos dit que l'endroit est entouré de montagnes très hautes.

– Avec ceci, je pense que je pourrai trouver ce que je cherche! se réjouit Fana. Maintenant, je dois partir. Merci pour tout, belle gorgone de mer! Je n'oublierai pas ce que tu as fait pour moi!

– Quoi ? Tu pars déjà ? Mais attends, Fana ! Je…

Devant les yeux hébétés de Médousa, Fana venait de se dématérialiser à travers une bonne brise momentanée.

***

Grâce aux pouvoirs de son masque de l'eau, Fana avait la faculté de se métamorphoser en bruine pour se déplacer, sur de courtes distances, dans les airs. Ne voulant pas perdre de temps, c'est ainsi qu'elle quitta la vieille forteresse des béorites pour retourner à l'auberge située près du port. Elle se glissa sous la porte de l'établissement et ne reprit sa forme humaine qu'une fois arrivée dans sa chambre. Sans perdre un instant, elle ramassa ses affaires et se dirigea vers le luricanoport d'Upsgran où décollaient et atterrissaient les flagolfières.

– J'ai besoin qu'on m'amène au royaume d'Omain, dit-elle à un petit guichetier barbu.

– Malheurrreusement, ma belle dame, les flagolfièrrres ne volent pas jusque là-bas !

– Même avec ceci ? demanda Fana en vidant tout le contenu de sa bourse sur le comptoir. Et pourrait-on partir… disons… tout de suite ?

Bouche bée et les yeux écarquillés, le lurican fixait les pierres sans répondre à Fana. Il n'avait jamais vu autant de pierres précieuses.

Il s'agissait pour lui d'une fortune considérable, alors que, pour la porteuse de masques, tous ces joyaux ne valaient pas plus qu'un simple sac de billes.

— Vos arrrguments sont trrrès convaincants, mademoiselle! finit par articuler le lurican. Je vais immédiatement orrrganiser un équipage pourrr votrrre vol. Si vous le voulez, allez vous mettrrre à l'aise dans la nacelle qui est là, nous devrrrions décoller trrrès bientôt!

— Je vous suis très reconnaissante, répondit Fana en inclinant la tête.

— Mais ce n'est rrrrien, voyons!

«Eh bien! sur ce continent, il semble que tout s'achète, pensa la jeune fille. Il suffit simplement d'y mettre le prix. Cependant, je me demande comment font les plus pauvres…»

***

Comme le guichetier l'avait promis, la flagolfière ne tarda pas à décoller et elle survola bientôt le royaume d'Omain. Ayant demandé au pilote de suivre la côte de plus près, Fana repéra rapidement une anse dont les berges, particulièrement érodées, semblaient abriter de nombreuses grottes. Oui, elle se trouvait bien dans la baie des cavernes.

Le dirigeable des luricans posa Fana là où elle l'avait demandé et elle salua de la main l'équipage lorsqu'il s'éleva vers le ciel. Une fois seule, la porteuse de masques déposa toutes ses affaires à l'abri de la marée montante et se mit à examiner le roc à la recherche d'indices qui la conduiraient à une porte. Plusieurs heures s'écoulèrent ainsi sans qu'elle trouve quoi que ce fût lui indiquant la présence du passage en question.

« Ne perds pas courage, Fana, se dit-elle en s'accordant une pause, il reste encore bien des grottes à fouiller avant de baisser les bras. »

Avant de poursuivre ses recherches, la jeune fille décida de retourner à l'endroit où elle avait laissé ses affaires pour vérifier si elles étaient toujours en sécurité. Quelle ne fut pas sa surprise d'apercevoir alors un bataillon d'une vingtaine d'hommes en armure qui l'attendait devant ses effets ! Sous le commandement d'un gros personnage flasque qui ressemblait à un crapaud pustuleux, des soldats vinrent à sa rencontre et la saisirent par les bras pour l'amener au gros vilain qui semblait cacher quelque chose derrière son dos. Fana avait devant elle le seigneur Édonf avec qui les parents d'Amos Daragon avaient déjà eu leur part de problèmes.

– Qui es-tu et que fais-tu sur mon territoire ? lui demanda sèchement le pustuleux.

La boule de métal dont se servait Fana pour comprendre et parler toutes les langues était malheureusement restée dans ses affaires. La porteuse de masques ne put que hausser les épaules pour signifier qu'elle ne comprenait pas.

– Ah ! mais c'est que tu veux faire la maligne et me faire croire que tu n'entends rien à ce que je te dis ! éructa le gros seigneur. Je suis le maître de ces terres et je t'ordonne de m'expliquer ce que tu cherches dans ces grottes ! Vas-y, parle, ou je te fais couper la langue !

Dans son propre dialecte, Fana tenta d'expliquer au disgracieux personnage qu'elle ne comprenait vraiment rien à ce qu'il disait et qu'il ferait mieux de la libérer tout de suite. Bien sûr, elle aurait aimé pouvoir discuter avec lui, mais comme il leur était impossible de communiquer… À moins que… D'un mouvement de la tête, elle lui montra ses effets personnels qui étaient à ses pieds.

– OH NON ! petite vermine ! s'exclama Édonf. Tu veux ton arc pour nous tuer ensuite ? Et que dirais-tu de ceci plutôt ?

Le seigneur révéla alors ce qu'il cachait derrière son dos. Il brandit vers la tête de Fana la boule de métal qu'il avait trouvée dans son sac ! La jeune fille s'agita en le sommant, toujours dans sa langue, de la lui rendre immédiatement !

– À te voir t'énerver ainsi, fit le gros crapaud en rigolant, on peut deviner que cette chose a beaucoup de valeur. Alors, dis-moi ce que tu fabriques chez moi ou j'abîmerai ton précieux bien jusqu'à ce que tu ne le reconnaisses plus! Ha! ha! ha!

Lorsqu'il fit mine de jeter la boule contre le roc, Fana hurla tant et si fort que les soldats, mains sur les oreilles, eurent un mouvement de recul. La sphère de métal lui était indispensable pour faciliter sa vie au quotidien. Sans cet objet pour amplifier ses ondes cérébrales, la porteuse de masques n'aurait plus accès à l'esprit des animaux aquatiques, ni même à ses autres aptitudes mentales.

– Bon, parle maintenant! vociféra Édonf sous les rires de ses soldats. Dis-moi ce que tu fais ici et pourquoi, l'autre nuit, nous avons vu un dragon survoler mon royaume! Serais-tu l'espionne d'une armée de mercenaires qui désire s'emparer de mes biens? Est-ce cela? ALLEZ, PARLE!

Incapable de communiquer dans ce langage, Fana tenta de se dégager des mains des soldats qui la tenaient, mais elle ne réussit qu'à exciter davantage la colère d'Édonf qui finit par lancer de toutes ses forces la sphère métallique contre la paroi rocheuse. Sous le regard horrifié de la jeune fille qui se figea instantanément, la boule éclata comme si elle avait été de verre et laissa s'échapper un épais liquide rouge. Expulsé de son milieu habituel pour être projeté dans le sable, un petit hippocampe translucide s'agita vivement quelques secondes, puis cessa de bouger.

– POUAH! C'EST DÉGOÛTANT! s'écria Édonf en écrasant de son gros pied le petit animal. QUELLE HORREUR!

Fana était rouge de colère devant la stupidité du mastodonte. Cela suffisait maintenant! En utilisant la force du masque de l'air, elle parvint à se défaire des deux soldats ahuris pour bondir sur Édonf qui, recevant ses deux pieds dans l'abdomen, se retrouva cloué au sol, le souffle coupé. Afin de se débarrasser rapidement du reste du bataillon, la porteuse de masques changea l'eau de la baie en une pieuvre d'eau géante dont les bras démesurés se mirent aussitôt à remuer dans tous les sens. Ses grands tentacules livides s'étendirent ensuite vers la grève pour s'emparer un à un des soldats d'Édonf. Désarmés devant un tel monstre, les hommes du seigneur se retrouvèrent tour à tour projetés dans les airs avant de retomber dans les arbres tout en haut de la falaise pour les plus chanceux, alors que les autres heurtèrent violemment les différentes colonnes de pierre de la baie. Certains volèrent si haut qu'en retombant plus loin dans les vagues du large ils se brisèrent les os et ne purent nager jusqu'au rivage.

Toujours sur le dos, le seigneur Édonf assista, impuissant, à la perte de ses hommes. Fana se jeta alors sur son gros ventre et colla son front contre le sien.

– Tu te crois bien malin, grosse baudruche, siffla-t-elle entre ses dents. Tiens! Essaie de retrouver ton chemin maintenant!

Grâce à ses pouvoirs mentaux, Fana embrouilla les ondes cérébrales du seigneur et emprisonna sa raison dans un labyrinthe complexe de pensées, d'idées et d'émotions qui le plongèrent dans un état de stupeur. Le gros Édonf, maintenant incapable d'appréhender le monde de façon cohérente, se mit à balbutier et à lancer du sable autour de lui.

– Tu ne retrouveras ta tête que si tu réussis à trouver en toi la gentillesse, la délicatesse et la bonté. Autrement, tu baveras comme un bébé jusqu'à ton dernier souffle! Que la malédiction de mon peuple te soit salutaire ou qu'elle finisse par t'éroder comme le ferait la mer. Mes salutations, bouffi!

Constatant avec soulagement que le bataillon avait été anéanti, Fana fit se dissiper sa pieuvre d'eau et reprit ses affaires pour aller s'installer de l'autre côté de la baie. Triste et abattue par la perte de sa sphère de métal, la jeune fille faillit ne pas remarquer la disposition singulière de coquillages sur une paroi rocheuse. En regardant de plus près, elle sut aussitôt que c'était bien ce qu'elle cherchait. Il s'agissait des runes funéraires de la princesse Crivannia dont Médousa lui avait parlé, et la porte de l'eau se trouvait bien devant elle.

Confiante, Fana fit un pas en avant et disparut à travers la pierre.

10
Le mont d'Hypérion

Avant de quitter l'écurie de pégases au-dessus de la demeure de l'amazone, Amos examina le pendentif de cristal. Il comprit rapidement comment fonctionnait l'objet magique et fit quelques tests afin de bien le maîtriser. Il suffisait de concentrer ses pensées sur l'élément minéral pour en saisir les vibrations et les variations de couleur. Ainsi, il était possible de savoir, selon l'harmonie des tons perceptibles dans le cristal, si, par exemple, une route était bonne ou non à suivre. Pour s'exercer, Amos demanda au pendule s'il devait réveiller Maelström pour repartir immédiate-ment. La luminosité du cristal disparut tout de suite et le garçon en déduisit qu'il valait mieux accorder encore quelques heures de sommeil à son dragon.

« Je devrais peut-être me reposer aussi, pensa-t-il en regardant Maelström qui dormait si bien. Jusqu'à présent, le voyage a été très long et je mériterais bien une petite pause. »

Amos redescendit l'escalier qui conduisait à l'intérieur de la maison pour y prendre de gros coussins et les remonter à l'écurie. Il s'installa confortablement près de son dragon et s'endormit très vite. Seul le pégase de l'amazone, dans sa stalle, demeura éveillé parmi les profonds ronflements des voyageurs épuisés.

Porté par le rêve, le jeune porteur de masques se retrouva face à quatre portes. La première, faite de magma fumant, dégageait une chaleur torride. La seconde, entièrement taillée dans le roc, semblait impossible à ouvrir, alors que la troisième, translucide, avait la fluidité de l'eau. Enfin, la dernière, faite de verre, donnait une grande impression de fragilité et c'est d'abord celle-là qu'Amos choisit. Malgré ses efforts pour l'ouvrir, la porte demeura close. Cet échec le conduisit tout naturellement, mais sans plus de succès, à la porte constituée d'eau, puis à celle de roc. À cet instant, sans qu'il eût à poser la main sur la poignée, la porte de feu s'ouvrit toute grande pour le laisser entrer. Le garçon passa le seuil enflammé, mais perdit l'équilibre. Il fit alors une longue chute dans le noir en poussant un hurlement qui le fit se réveiller en sursaut et il lui fallut quelques instants pour retrouver ses esprits.

– Un mauvais rêve, grand frère ? lui demanda le dragon qui, lui, était tout à fait réveillé.

– Oui… c'était…, fit Amos en bâillant. J'ai fait un rêve très étrange… Enfin… Tu as bien dormi, toi ?

– Oh oui ! Très bien ! répondit le dragon, la mine réjouie. Et ça fait déjà un moment que je suis sur mes quatre pattes !

– Tel que je te connais, tu dois avoir faim ! dit le porteur de masques en se frottant les yeux.

– Non… non, ça va…, bredouilla Maelström, je n'ai pas si faim.

– Je ne comprends pas. Tu ne te sens pas bien ? Tu es toujours affamé lorsque tu…

Amos interrompit sa phrase en remarquant que le pégase de l'amazone n'était plus dans sa stalle.

– Non… ne me dis pas que… que tu as…, balbutia-t-il, que tu as avalé le pégase ?!

– Euh… je ne… euh… je n'ai pas pu résister. Je suis désolé.

– Tu l'as mangé au complet ? de la tête aux pieds ?

– Oui, sauf les sabots ! Ils sont encore dans la stalle, tu veux les voir ?

– Non, merci ! répliqua Amos, dégoûté. Déjà… pour les moutons… je trouvais cela exagéré, mais là, un cheval entier, c'est… comment dire ?… c'est…

– C'est délicieux! La viande est un peu moins tendre, mais j'aime le goût un peu épicé des viscères quand…

– ÇA SUFFIT! le coupa le garçon qui en avait assez. Je ne veux pas en entendre plus! Garde pour toi ces détails, petit frère.

– D'accord, mais je te rappelle que c'est toi qui m'as demandé des précisions.

– Préparons-nous à partir si tu veux bien, lança Amos pour changer de sujet.

– Et toi? Tu ne mangerais pas un peu avant que nous repartions?

– Non, sans façon, fit le porteur de masques en souriant, tu m'as coupé l'appétit. Allez, en route maintenant!

Sans plus tarder, les deux compagnons d'aventure s'envolèrent vers l'intérieur du continent. Amos aperçut plusieurs villages protégés par de très hautes fortifications.

– Ce doit être dans ces villages protégés qu'habitent les mâles pour se défendre! dit-il. Regarde, les murs doivent certainement avoir cinq fois la taille de ceux de Berrion. Et ces machines de guerre! Elles sont gigantesques!

– Et de quoi se protègent-ils ainsi? demanda Maelström

– Des géants et des cyclopes, des ogres aussi. Il paraît que ce continent en est infesté!

– Je prends de l'altitude alors. Je n'ai pas envie de recevoir un projectile comme celui qui a déjà failli nous tuer.

– Sage décision, allons-y !

Les villages de pêcheurs, les plages et les fortifications firent rapidement place à une région de petites chaumières construites çà et là au centre d'une grande tourbière. Du haut des airs, Amos aperçut quelques cadavres de géants, à demi avalés par la terre, qui avaient eu la malchance de passer sur des sables mouvants. Plus loin, deux rangées de montagnes spectaculaires aux parois abruptes laissaient entrevoir des vallées fertiles parsemées de villages abandonnés dont les maisons étaient en ruine. Une haute tour de garde pratiquement détruite hébergeait des corbeaux à la place de pégases.

– C'est désolant, constata le garçon. Ce continent semble désert !

– Tous les humains ont abandonné les lieux, enchaîna le dragon. Par contre, la nature est magnifique !

– Je suppose que la cohabitation avec les géants n'a pas été un très grand succès.

– En effet. Dis-moi, Amos, sommes-nous toujours dans la bonne direction ?

– Si je me fie au pendentif, nous devons continuer toujours tout droit, en suivant cette chaîne de montagnes.

– Continuons alors !

Toujours guidés par l'objet magique de l'amazone, Amos et Maelström survolèrent une autre région verdoyante où s'étendaient de magnifiques lacs. Cette fois-ci encore, plusieurs endroits portaient les marques d'un passé tumultueux, car les ruines étaient nombreuses parmi les divisions encore perceptibles des anciennes terres agricoles.

– Regarde, Maelström, il y a deux cyclopes qui se battent près du grand lac, juste en dessous. Ils sont encore plus gros que ceux de l'île aux moutons !

– Je les vois, mais je te signale qu'il y a beaucoup plus intéressant devant nous, répondit le dragon.

Au loin, une énorme montagne s'élevait, grandiose, vers les nuages. Des neiges éternelles couvraient son sommet.

– Je crois que je n'aurai plus besoin du pendentif ! déclara Amos qui n'avait jamais vu un mont si impressionnant. La route est toute tracée devant nous !

– J'estime que nous arriverons à la tombée du jour.

– Il faudra trouver un endroit sécuritaire pour nous poser avant la nuit. Je n'ai pas envie d'être réveillé par un géant affamé qui aimerait bien se mettre un peu de chair humaine sous la dent.

– T'en fais pas, nous trouverons…

C'est sous un magnifique coucher de soleil qu'ils atteignirent le pied du mont d'Hypérion. Un grand feu qui brûlait sur un plateau de la montagne attira leur attention. En s'approchant, Amos eut une surprise phénoménale. Les lettres A M O S flambaient sur le sol.

– Ça alors ! s'exclama Maelström. On dirait bien que tu es connu ici !

– Pose-toi près des lettres, mais demeure sur tes gardes ! On ne sait jamais…

– Bien…

Dès qu'ils touchèrent terre, une bonne centaine de petits bonshommes à peine hauts comme des enfants de cinq ans, sortirent des grottes environnantes. Tous habillés de fourrure et de cuir, ils avaient la peau noire et, au milieu de leur visage très ridé, un nez aux larges narines. Discrètement, Amos mit ses oreilles de cristal. L'un des petits hommes, celui qui portait un grand chapeau de poil, s'avança vers lui et s'assura qu'il était bien Amos Daragon. Le porteur de masques lui répondit par un signe affirmatif de la tête.

Des soupirs de soulagement fusèrent de toutes parts. Le petit être ordonna à ses compagnons de se préparer pour l'expédition et il invita Amos à descendre du dragon.

– Heureux de vous rencontrer, Amos Daragon, mais veuillez nous excuser de ne pas prendre le temps maintenant de mieux nous connaître, car nous devons partir dès que possible. Je dois vous prévenir que nous aurons certainement plusieurs imprévus durant notre montée, dont les conditions climatiques changeantes. À cause de l'altitude, vous aurez peut-être des problèmes respiratoires, mais ne craignez rien, un excellent guérisseur nous accompagnera.

Amos voulut poser une question, mais ne parvint pas à placer un seul mot.

– Nous grimperons par la face ouest de la montagne, continua le petit bonhomme. Il s'y trouve un plateau où est installé le premier camp où nous nous reposerons. Deux de nos équipes sont également déjà à préparer le deuxième et le troisième camp afin de nous y accueillir lorsque nous y serons. Le matériel sera transporté à dos de yack, et de longues cordes ont été fixées pour nous guider sur la majeure partie du parcours. Des questions?

Le porteur de masques ouvrit la bouche pour parler.

– Ah! j'oubliais! lança l'homme miniature. Nous traverserons d'abord la chute de glace de Khumbu qui est une des étapes les plus dangereuses du voyage. Ce parcours est jalonné de crevasses et nous devrons emprunter des ponts de corde rudimentaires. C'est pourquoi votre grosse bête volante ne pourra nous accompagner. Une de mes équipes restera postée ici pour prendre soin d'elle si vous le voulez bien. Nos yacks, eux, savent détecter les crevasses et peuvent parcourir de grandes distances pour les éviter. Ils ont une habileté naturelle pour se déplacer dans la neige que votre créature n'a malheureusement pas. Et rassurez-vous, nous ne sommes pas fous… Si nous montons à pied, c'est parce qu'il est impossible de voler à cause de la rareté de l'air. Désirez-vous d'autres précisions ?

Amos haussa les épaules.

– Ah oui ! ajouta encore son interlocuteur. Vous devrez faire le dernier bout seul et sans aide. Malgré toute l'amitié que j'ai pour Tserle, je ne peux risquer la vie de mes coéquipiers pour la sauver. De toute façon, cette étape est impossible à franchir pour un simple mortel. J'espère que vous avez de grands pouvoirs, car les dieux protègent jalousement cette zone de la montagne. Au fait, avez-vous des vêtements chauds ? Sinon, nous vous en fournirons. Notre chamane, celle qui a prédit votre arrivée, est aussi le maître et guide spirituel de Tserle. Vous la rencontrerez au troisième camp dans la montagne, elle nous attend. Voilà… J'espère que les hauteurs ne vous effraient pas !

Le garçon demeura muet. Il y avait quelque chose dans les yeux du petit bonhomme qui laissait croire qu'il n'avait pas encore terminé…

– Je vous parle des hauteurs car, pour votre dernière étape, vous aurez à grimper une arête très abrupte chevauchant deux parois qui plongent littéralement dans le vide. Enfin, j'espère que vous serez de taille à vaincre cette montagne! À mon avis, vous ne devez pas être très expérimenté comme grimpeur, mais la chamane croit beaucoup en vous, alors je suppose que vous accomplirez la tâche correctement. Enfin, rappelez-vous que, si tout se passe bien, le pire demeure encore la descente. Il arrive souvent que la fatigue ou une acclimatation inadéquate entraîne des problèmes de coordination. Et là, je vous fais grâce des tempêtes-surprises qui provoquent de nombreux accidents, souvent mortels. Voilà… Maintenant, préparons-nous et reposons-nous un peu, car nous partirons dès que les premiers rayons du soleil apparaîtront! Dans la région, les nuits sont courtes, vous vous en rendrez vite compte! Quelqu'un veillera à vous conduire dans une grotte un peu plus loin. Un repas vous sera servi! À demain, Amos Daragon.

Amos demeura cloué sur place, étourdi par le flot de paroles du petit bonhomme.

– Ouf! Qu'a-t-il dit? demanda Maelström qui, sans oreilles de cristal, n'avait rien pu déchiffrer du discours.

– J'aimerais bien te le traduire, fit le garçon, mais pas maintenant. D'ailleurs, je ne saurais par où commencer.

– T'a-t-il dit son nom?

– Non, petit frère… il ne me l'a pas dit.

11
La montée vers Tserle

Durant l'escalade du mont d'Hypérion, Amos se rendit compte que ses hôtes étaient en fait de la race des korrigans. Ils étaient en tout point conformes à la description que lui avait fournie *Al-Qatrum*, excepté qu'ici, sur le continent de l'air, ils ne s'exprimaient pas en vers. Les korrigans du mont d'Hypérion ne faisaient pas de rimes, mais ils parlaient sans cesse. Du matin au soir, ils enchaînaient phrase sur phrase d'une voix tonitruante et d'un ton assuré. Même si la plupart du temps ils racontaient les pires bêtises qui soient, ils le faisaient toujours avec un sérieux exagéré. Ces petites créatures avaient un avis sur tous les sujets. De la teinte de la neige jusqu'à la confection d'un bon chapeau, de la naissance des dieux jusqu'aux fonctions de l'herbe sur la montagne, tout y passait. Les korrigans pouvaient également se quereller pendant des heures sur des futilités, sans jamais prendre le temps d'écouter les arguments des autres.

Plax, le chef de l'expédition qui avait accueilli Amos, était sûrement le pire d'entre tous. C'était un véritable moulin à paroles qui ne manquait jamais de salive. Il ne gardait rien pour lui et exprimait chacune de ses pensées. On aurait dit qu'il était incapable de la moindre discrétion, qu'il devait sans cesse révéler ses réflexions les plus intimes. C'est ainsi que le porteur de masques, qui marchait à ses côtés à l'avant du groupe, apprit que Plax avait une relation difficile avec sa femme. Il lui reprochait surtout de ne pas savoir l'écouter et de discuter chacune de ses décisions. « Une vraie harpie ! En plus, on dirait qu'elle est sourde ! » répétait-il souvent.

Ce qui fascina le plus Amos pendant le trajet, c'est que, malgré le désordre du groupe, chacun accomplissait sa tâche avec précision et dynamisme. Les korrigans, ces petits êtres qui semblaient incohérents et individualistes, fonctionnaient toutefois à merveille en groupe. Jamais quelqu'un n'avait à demander un coup de main pour accomplir telle ou telle tâche, car toujours il y avait un korrigan qui offrait son aide au bon moment. En route, les tentes étaient montées en quelques minutes seulement et les repas étaient préparés en aussi peu de temps. Plax n'avait qu'à hurler un ordre, auquel personne ne semblait pourtant prêter attention, pour que celui-ci fût exécuté sur-le-champ. Amos avait vite appris que s'il voulait quelque chose, il devait se mêler à une discussion et parler en même temps que tout le monde. Sans que les palabres cessent, tout se mettait aussitôt en branle. Au début, pour tester l'efficacité de sa méthode, le garçon avait plusieurs fois formulé tout haut, sans s'adresser à personne en particulier, le désir d'avoir un peu d'eau. Chaque fois, on lui avait mis une gourde dans la main.

L'ascension du mont d'Hypérion se fit lentement et dans d'excellentes conditions, malgré quelques embûches et passages dange-reux. Les korrigans, accoutumés à fréquenter les sommets, savaient cependant qu'il en était autrement pour Amos et que l'altitude pouvait représenter un danger important pour lui. Même s'il avait parcouru les hauteurs de la cité de Pégase et qu'il était habitué aux voyages aériens avec Maelström, la montagne n'avait rien en commun avec ce qu'il avait déjà connu. Il s'agissait d'une escalade qui allait le mener à des sommets qu'il n'avait jamais franchis auparavant.

– Bien que vous soyez en très bonne forme, monsieur Daragon, dit Plax, nous devons y aller progressivement. L'air se fait plus rare ici et votre corps sera bientôt en manque !

En effet, depuis le début de l'ascension, Amos remarquait qu'il était de plus en plus essoufflé et que ses muscles semblaient plus lourds au fur et à mesure qu'il progressait. Sans en parler à quiconque, il avait même utilisé ses pouvoirs de porteur de masques pour faire venir jusqu'à ses poumons l'air oxygéné du bas de la montagne. Grâce au courant ascendant qu'il avait créé, le garçon avait pu mieux respirer et reprendre des forces.

– Il faut manger léger! ne cessait de répéter le korrigan lorsqu'il était à court de sujets de discussion. Les repas doivent être plus fréquents mais plus légers! Pas de viande surtout! Des noix, du fromage, du pain et des gâteaux au miel, voilà comment doit se nourrir un vrai grimpeur!

Amos aurait voulu dire à Plax que cela faisait au moins dix fois qu'il entendait les mêmes recommandations, mais il était trop épuisé pour parler. En guise de réponse, il se contentait de murmurer des « hum » affirmatifs qui relançaient de nouveau le korrigan dans un bavardage ennuyeux.

Bien emmitouflé dans une cape en peau de yack, Amos contempla la montagne enneigée en se remémorant l'aventure qu'il avait vécue avec Béorf, à Ramusberget.

« L'escalade m'aurait paru moins pénible avec Béorf, pensa-t-il, mélancolique. Les épreuves sont tellement plus faciles à vaincre quand on a un bon partenaire de voyage. Et nous avons vécu tant de choses ensemble... J'espère qu'il ne m'en veut pas de l'avoir abandonné. En tout cas, je sais que s'il était ici, il y a longtemps que le korrigan aurait fermé son clapet... Béorf l'aurait bâillonné puis lancé dans une crevasse... »

– Je vois à votre sourire que mon histoire vous plaît, Amos Daragon ! s'exclama Plax.

Amos eut envie de répliquer, mais il se contenta simplement de sourire davantage. Il aurait été soulagé de lui avouer que ses histoires étaient aussi endormantes qu'une journée de pluie en automne, mais cela aurait été inutile. Les korrigans étaient ainsi faits et il n'aurait rien gagné à chagriner ou à insulter Plax.

– J'admire beaucoup votre sens de l'écoute, le complimenta Plax, c'est si agréable de discuter avec vous. Nos conversations vont beaucoup me manquer lorsque nous nous séparerons... J'ai l'impression que nous sommes comme de vieux copains, pas vous ?

Amos voulut lui répondre qu'il se souviendrait sans doute très longtemps de cette escalade en sa compagnie, mais Plax enchaîna immédiatement, lui enlevant ainsi la chance de parler.

– Encore un petit effort et nous arriverons bientôt au troisième camp! Nous nous y reposerons avant d'entreprendre la dernière étape. Mes hommes et moi vous conduirons le plus près possible du sommet, mais, comme je vous l'ai déjà dit, vous devrez faire seul le dernier bout de chemin. Dépêchons-nous, je pressens une tempête de neige toute proche... Euh... ma femme... Vous ai-je déjà parlé de ma femme? Hou là là! Une vraie harpie, celle-là! Écoutez ceci...

C'est à bout de souffle, certes, mais aussi à bout de nerfs qu'Amos arriva au troisième camp. De petites maisons de pierre aux murs épais et à la toiture composée de galets accueillirent le cortège de grimpeurs. C'est avec soulagement que le garçon se vit assigner pour lui seul une des habitations. Terminé, du moins pour la nuit, les jacasseries de Plax et ses sempiternelles mêmes histoires!

Sans dire un mot, Amos ouvrit la petite porte de bois et dut se pencher pour la franchir. Il n'y avait qu'une seule grande pièce dans un coin de laquelle on avait empilé une bonne quantité de bûches. Le porteur de masques en déposa immédiatement quelques-unes dans l'âtre, puis il claqua des doigts afin qu'elles s'enflamment. Ensuite, il s'installa conforta-blement devant le feu et avala ses dernières réserves de nourriture. Son sac de voyage en guise d'oreiller, il s'allongea sur le sol et, repu, il s'endormit rapidement.

C'est un petit bruit sec qui réveilla Amos au beau milieu de la nuit. En ouvrant les yeux, il aperçut une étrange créature assise sur le tas de bûches. Il s'agissait d'une petite vieille avec de longs cheveux poivre et sel qui… tricotait paisiblement près du feu. Pieds nus, elle était cependant enveloppée d'un long manteau blanc avec un capuchon. Sa peau noire, ses oreilles pointues et ses larges narines indiquaient bien qu'il s'agissait d'une korrigane.

– Oh! oh! lança-t-elle, confuse, en cessant de tricoter. Je vous ai réveillé, n'est-ce pas? Je suis désolée, je ne voulais pas vous déranger! Rendormez-vous, je tâcherai de ne plus faire de bruit avec mes aiguilles.

– Je crois que nous n'avons jamais été présentés, je me trompe? répondit le garçon en se frottant les yeux. Je suis Amos…

– …Daragon, oui, je sais…, le coupa la petite vieille. Moi, je me nomme Bean Sì. Je suis une bonne amie de Tserle que vous êtes venu secourir. Je suis aussi un peu son enseignante, son maître spirituel si vous voulez… Enfin, cela n'a pas beaucoup d'importance… Allez, dormez maintenant. Nous en reparlerons après votre nuit de sommeil.

– Hein? Ah, oui, d'accord… Mais dites-moi, partageons-nous la même habitation? demanda Amos d'une voix encore lourde de sommeil.

– Mais non, pas du tout, répliqua Bean Sì, un peu embarrassée. C'est que Plax et ses compagnons sont si bruyants et jacasseurs que j'arrive à peine à les supporter. Je me suis réfugiée ici pour terminer en paix mon tricot… Je sais qu'ils ne viendront pas vous déranger, alors… Bon, ça suffit pour l'instant. Je vous laisse dormir! Encore une fois, je suis vraiment désolée de vous avoir réveillé…

– Mais non, ne vous en faites pas. Je suis heureux de vous rencontrer, lui assura Amos qui était à présent complètement réveillé. Et j'aimerais que nous parlions de Tserle maintenant.

– Écoutez, nous aurons tout le temps d'en parler demain ou même un autre jour, puisque la tempête fait rage à l'extérieur. Nous serons sans doute bloqués ici quelques jours avant de pouvoir entreprendre la dernière étape.

– J'insiste, je vous en prie… J'aimerais aussi savoir à quoi m'attendre une fois que je serai là-haut.

– Attendez-vous à essuyer la pire des tempêtes que vous ayez jamais connue, souffla Bean Sì en fronçant les sourcils. Au faîte du mont d'Hypérion, même les porteurs de masques sont incapables de contrôler les éléments. Le vent et le froid sont si... si... comment dire?...

La vieille korrigane cessa de parler et s'essuya les yeux. Elle toussota afin de s'aider à reprendre un peu de contenance et elle poursuivit :

– Le vent et le froid sont si terribles qu'ils peuvent vous geler sur place en moins d'une heure.

– Et c'est ce qui est arrivé à Tserle, n'est-ce pas ? demanda Amos. Elle est congelée en haut de cette montagne ?...

– Oui, c'est bien cela... Je lui avais déconseillé de s'y rendre, car je soupçonnais qu'il s'agissait d'un piège des dieux. Mais, comme elle pensait y trouver les pierres de son masque de la terre, elle ne m'a pas écoutée et elle est partie. Cela fait des mois ...

– Tout à l'heure, vous m'avez dit que vous saviez que j'étais venu aider Tserle. Comment l'avez-vous appris ?

– C'est un envoyé de la Dame blanche qui m'a dit d'attendre un jeune porteur de masques nommé Amos Daragon. Il m'a affirmé que vous viendriez la sauver en apportant avec vous les pierres de puissance qui lui manquent et dont elle a tant besoin. Dites-moi... les avez-vous en votre possession ?

– Oui, je les ai, ici, dans une bourse à l'intérieur de mon armure.

– J'aimerais beaucoup les voir, chuchota la vieille korrigane, serait-ce trop demander?

– Si vous aimez les pierres, en voilà justement une qui est magnifique! s'exclama le garçon en présentant le pendentif magique de l'amazone. Voyez cette pureté! Elle est si claire qu'on voit à travers!

– Intéressant, fit la créature, mais les autres pierres m'intéressent davantage.

Rapide comme l'éclair, Amos saisit d'une main sa longue aiguille à tricoter et la lui enfonça d'un coup dans le corps. Il la plaqua contre le mur et lui assena un solide coup de poing sur le nez avant de l'empoigner par les cheveux pour la projeter vers le fond de la pièce où elle se fracassa la tête. Puis trois projectiles de feu eurent vite fait de clouer au sol la korrigane qui, soudainement, se métamorphosa en loup!

La bête, étourdie, releva la tête et fixa Amos droit dans les yeux.

– Comment savais-tu, petit morveux, que je n'étais pas une korrigane?

– C'est facile. D'abord, vous ne savez même pas tricoter! lança le garçon, prêt à se battre. Voyez comme toutes les mailles de votre ouvrage sont inégales. Ensuite, quand on a entendu Plax parler pendant des heures, on sait que les femelles korriganes ne sont pas très différentes des mâles, c'est-à-dire qu'elles sont à la fois impolies, bavardes et déplaisantes. En plus, il n'y a que les porteurs de masques qui s'intéressent vraiment aux pierres de puissance, puisqu'elles ne sont précieuses que pour nous! Finalement, le pendentif m'a révélé ce que je voulais savoir, soit que vous êtes un imposteur. Maintenant que vous avez vos réponses, c'est à mon tour de poser les questions! Qui êtes-vous et que faites-vous ici?

Tenant le bout de la longue aiguille à tricoter dans sa gueule, le loup la retira péniblement de son ventre maculé de sang et s'assit pour discuter.

— Tu es devenu puissant depuis notre dernière aventure, dit posément la bête au pelage noirci par le feu.

— Excusez-moi, mais je ne me rappelle pas avoir jamais croisé votre route!

— Mais si, mais si, insista le loup. C'est moi qui ai lancé Baya Gaya à tes trousses alors que tu te dirigeais vers l'île de Freyja. C'est aussi moi qui ai coulé tes amis béorites. Dis-moi, tu te souviens bien de ton aventure à l'île de Freyja?

— Vous êtes un des avatars du dieu Loki! Si vous désirez me prendre les pierres de puissance, il faudra venir les chercher!

– Très peu pour moi, fit le loup. Je suis déjà presque K.-O., mais il me reste encore assez de force pour te conseiller de ne pas aller au sommet de cette montagne. Comme il ne s'agit pas d'un froid ordinaire, tu y demeureras figé pour l'éternité, tout comme Tserle.

– Je tente quand même ma chance !

– Écoute, jeune imbécile, ta magie ne pourra rien contre le climat de là-haut ! répliqua l'avatar de Loki. Joins-toi plutôt aux dieux ! Nous ferons de toi le maître du monde. Tu régneras sur les quatre continents et tu seras adulé par des millions d'êtres humains. Tu dicteras les lois et ainsi il te sera possible d'établir une paix durable qui survivra longtemps après ta mort. Je t'offre une chance extraordinaire, celle de devenir un dieu sur terre !

– Pars ! Je t'ordonne de quitter cet endroit immédiatement ou je te réduirai en poussière !

– Très bien, mais je te rappelle que tu commets une grave erreur en t'obstinant à grimper là-haut ! déclara le loup en claudiquant vers la porte. Sache que même les feux de l'enfer n'arriveraient pas à réchauffer le sommet de cette montagne. Tu mourras gelé !

– Et ne t'avise plus de revenir, le menaça Amos. Tiens, au fait, voici un cadeau de la part de mes amis béorites que tu as lâchement noyés !

En utilisant la puissance de son masque de l'air, le garçon expulsa l'air des poumons de la bête et ordonna à l'élément de ne plus y pénétrer.

– Maintenant, tu peux comprendre ce que tu leur as fait subir ! lui dit-il entre les dents.

La bête, paniquée, se jeta contre la porte et la brisa en morceaux. Incapable de respirer, elle déguerpit dans la tempête et y disparut. Le fracas de la porte avait attiré quelques korrigans curieux qui examinèrent avec étonnement les dommages de la petite maison.

– Dites à Plax de plier bagage et de retourner immédiatement et avec tout le monde en bas de la montagne ! ordonna Amos. Et pas de discussion ! Tant pis pour ceux qui s'entêteront à rester, car, bientôt, le Phénix parlera à son peuple !

12
Le Phénix et son peuple

Aussitôt les korrigans partis, Amos se tourna vers la chaleur du feu mourant de l'âtre et s'agenouilla. Il fit apparaître entre ses mains une sphère de communication capable de porter son message au plus profond des Enfers.

– Peuple des Phlégéthoniens, mon peuple, j'ai besoin de vous ! déclara-t-il en emprisonnant sa requête dans la boule. J'ignore comment vous vous y prendrez, mais j'implore votre puissance afin de pouvoir déjouer les dieux et accomplir ma mission de porteur de masques. Je devrai affronter très bientôt le froid surnaturel du mont d'Hypérion pour tenter de secourir une jeune fille dont le destin est, tout comme le mien, de rétablir l'équilibre du monde. Sans elle, cela ne pourra se faire et les dieux pourront toujours crier victoire et garder leur emprise sur le monde. Peuple des Phlégéthoniens, j'ai besoin de votre force et de vos prières pour accomplir mon devoir. Vous êtes mon unique recours pour me procurer la puissance de la rivière de feu qui m'est essentiel. Vous êtes non seulement un bon peuple, mais aussi un grand peuple! Venez au secours de votre Phénix, je vous en conjure.

Amos ordonna à la sphère de rejoindre le grand prêtre des Phlégéthoniens afin de lui livrer le message. Aussitôt, la boule alla se placer d'elle-même au-dessus des dernières petites flammes et y pénétra.

Parce qu'il ignorait si son appel au secours allait réussir à traverser les dimensions et à trouver une oreille attentive chez les petits bonshommes de lave, Amos renvoya son message une deuxième, puis une troisième fois. Quelques heures s'écoulèrent sans que rien de nouveau ne se produisît. Puis au petit matin, toujours dans l'attente anxieuse d'une réponse, le porteur de masques vit soudainement les rares braises de l'âtre redevenir flammes! Un petit Phlégéthonien s'en extirpa comme s'il y était depuis toujours et, mains sur les hanches, vint se placer droit devant le garçon. Heureux et soulagé, ce dernier eut un petit rire nerveux qu'il retint aussitôt. Ce petit bonhomme en fusion était la confirmation même que son message s'était bien rendu. Alors, Amos se rendit compte que se tenait devant lui nul autre que le grand prêtre des Phlégéthoniens.

– Mais un dieu n'appelle pas ainsi à l'aide! s'écria le petit bonhomme de lave. Les dieux sont prétentieux et n'oseraient pas s'humilier en demandant assistance à leur peuple pour qui, d'ailleurs, ils ne manifestent pas beaucoup d'attention. Mais toi, ô grand Phénix! tu as su courber l'échine et tu as demandé de l'aide à tes fidèles! OH OUI! NOUS SOMMES UN BON PEUPLE! Et par cette action, OH OUI! GRAND PHÉNIX, ton peuple a compris que tu étais beaucoup plus qu'un immortel! TOI, TU N'ES PAS UN GRAND DIEU, TU ES... tu es notre ami, grand Phénix! ET NOUS, PEUPLE DU FEU, NOUS AVONS EU BEAUCOUP DE DIEUX, MAIS... mais jamais, jamais nous n'avons eu d'amis. Aujourd'hui, nous te louons, Amos Daragon, non plus comme notre dieu, mais comme l'un d'entre nous. ET SACHE, AMOS DARAGON, QU'IL N'Y A RIEN DE PLUS SOLIDAIRE QUE LES FEUX! Ô PHÉNIX! LES FLAMMES NAISSENT ENSEMBLE ET MEURENT ENSEMBLE, TELLE EST NOTRE LOI, CAR OUI, NOUS SOMMES UN BON PEUPLE!

– Pour ça, oui! s'exclama Amos, ému jusqu'aux larmes. Vous êtes un bon peuple, mais surtout un grand peuple.

– QUE LE PHÉNIX SE BÉNISSE LUI-MÊME POUR CES JUSTES PAROLES! ajouta le prêtre exalté en exécutant des petits pas de danse. Nous t'aiderons, Amos Daragon, même si nous devons y laisser notre dernière bouffée de chaleur, car il n'y a rien de plus sacré qu'un ami. MAINTENANT, SORS DE CETTE MAISON, Ô GRAND PHÉNIX! ET VA VOIR TON PEUPLE, VA À LA RENCONTRE DE CEUX QUI CROIENT EN L'AMITIÉ!

Comme le lui avait demandé le grand prêtre, Amos se leva et se dirigea lentement vers la porte défoncée de son refuge. Il put immédiatement voir que la tempête avait cessé. Cependant, c'est lorsqu'il franchit le seuil qu'il comprit que les Phlégéthoniens ne l'avaient pas laissé tomber, qu'ils avaient considéré sa demande avec beaucoup de sérieux.

Partout autour du camp, des centaines de milliers de petits bonshommes de lave étaient agenouillés, tête baissée, pour accueillir digne-ment leur Phénix. Un silence impressionnant planait sur la montagne. Les korrigans qui n'avaient pas pris Amos au sérieux quand il leur avait dit de quitter les lieux étaient rassemblés en un seul bloc sur une minuscule place entre les maisons de pierre. Pour une des rares fois de leur vie, ils semblaient avoir avalé leur langue, car ils ne prononçaient plus un mot. On aurait dit qu'une parcelle de soleil était tombée sur la montagne, tellement il y avait de feu, de chaleur et de lumière. Au centre du groupe de korrigans, Amos put voir la guide spirituelle de Tserle, dont l'avatar de Loki avait pris les traits la veille. Elle le salua d'un léger mouvement de tête et il lui répondit en lui montrant la bourse où se trouvaient les pierres de puissance destinées à la porteuse de masques. La korrigane sourit, puis se tourna vers ses semblables pour tenter de les rassurer.

Le grand prêtre de lave se plaça devant Amos et s'adressa avec fierté à son peuple :

– OH OUI ! NOUS SOMMES…

– …UN BON PEUPLE ! continuèrent en chœur les fidèles en trépignant.

À cet instant, un éclair déchira le ciel dans un retentissant coup de tonnerre, et de gros grêlons commencèrent à s'abattre sur les Phlégéthoniens.

– LES DIEUX SAVENT QUE NOUS SOMMES ICI ET ILS NOUS PROVOQUENT ! hurla le prêtre, en colère. RETOURNONS-LEUR CETTE GRÊLE, MES FRÈRES ! ALLEZ ! CHAUFFONS !

Des crépitements et des pétillements se firent entendre et une énorme bouffée de chaleur s'éleva instantanément vers le ciel. Les billes de glace s'évaporèrent aussitôt vers les nuages. Amos crut un moment qu'il allait perdre connaissance, tellement le changement de température fut soudain.

– LE PEUPLE DU PHLÉGÉTHON SE METTRA BIENTÔT EN MARCHE POUR ENFLAMMER LE SOMMET DE CETTE MONTAGNE! ÊTES-VOUS PRÊTS SOIT À VOUS ÉTEINDRE À TOUT JAMAIS, SOIT À BRILLER POUR L'ÉTERNITÉ?

– OUI, NOUS LE SOMMES! répondirent d'une même voix les Phlégéthoniens surexcités.

– ALORS, EN ROUTE! fit le grand prêtre, les bras levés. QUE LE PHÉNIX NOUS GUIDE! OH OUI! NOUS SOMMES UN...

– ...BON PEUPLE!...

Amos retourna dans la petite maison pour y emballer vite ses affaires, après quoi, pour la première fois de son voyage, il mit son trident en bandoulière. Il valait mieux se tenir prêt afin de ne pas se faire surprendre.

Lorsqu'il ressortit de son refuge, le porteur de masques vit un grand cheval noir aux sabots de feu et aux yeux incandescents qui l'attendait. Il s'agissait de la monture de Yaune-le-Purificateur, cet ancien chevalier devenu un démon et gardien de la porte des Enfers.

– Mais dites-moi maintenant, comment avez-vous fait pour venir si rapidement jusqu'ici? demanda Amos au prêtre phlégéthonien. Êtes-vous passés par la porte de l'abbaye de Portbo, sur l'autre continent?

– Exactement! Le feu voyage très vite dans le monde des mortels, car votre air est rempli de gaz inflammables. Il nous a suffi de nous brûler un chemin jusqu'ici.

– Et comment vous y êtes-vous pris pour le cheval?

– Nous avons pris ses cendres avec nous, pour ensuite, comme pour toi dans le passé, ô grand Phénix! le faire renaître. Nous avons pensé que, sur une telle monture, tu aurais fière allure pour mener nos troupes. Yaune nous a fait promettre d'en prendre grand soin, alors… pas d'imprudence!

– J'en prends bonne note, répondit Amos en grimpant sur le cheval. EN AVANT!

À son commandement, les Phlégéthoniens se placèrent en rangs serrés et lui emboîtèrent le pas. Sous le regard médusé des korrigans, ils entamèrent leur ascencion vers le sommet. Chacun de leurs pas faisait d'abord fondre la neige, puis asséchait la terre autour d'eux. Des nuages de vapeur montaient vers le ciel dans le son assourdissant de la friction des éléments.

Plus ils montaient, plus le froid se faisait intense. Les Phlégéthoniens resserrèrent encore plus les rangs. Quelques petits bonshommes des premières rangées ne purent résister au vent glacé et succombèrent au froid. Cependant, contrairement à ce que l'on pourrait penser, ces pertes eurent un effet bénéfique sur le moral des troupes qui entonnèrent un hymne guerrier aux paroles dramatiques. Toujours sur son cheval, Amos vit se lever devant lui une centaine de géants de glace qui commencèrent à bombarder les Phlégéthoniens de gros morceaux d'eau gelée.

– CHAUFFEZ, MON PEUPLE! CHAUFFEZ! hurla le prêtre.

Amos voulut faire dévier les projectiles en tentant de créer une bourrasque, mais, comme l'avait prévenu l'avatar de Loki, son masque de l'air demeura inefficace contre la volonté des dieux.

– Ne tente pas de nous aider, ô Phénix! lui dit le prêtre phlégéthonien. Pars vite retrouver celle que tu cherches, nous mènerons ici la bataille afin de créer une diversion. Qu'en dis-tu?

– Je crois que c'est une excellente idée! répondit Amos. Allez-vous pouvoir tenir le coup?

– Nous tiendrons aussi longtemps qu'il le faudra! le rassura le petit bonhomme. Regarde le premier bataillon, là-bas, et tu comprendras que tu n'as pas à t'inquiéter pour nous!

En effet, les Phlégéthoniens entouraient un géant et lui avaient déjà fait fondre une jambe. Serrés les uns contre les autres, les habitants de la rivière de feu résistaient à toutes les attaques.

– Une fois la neige des alentours fondue, nous chaufferons les pierres jusqu'à les liquéfier afin de créer un bassin de lave pour soigner nos blessés, expliqua le prêtre. Ainsi, nous pourrons régénérer presque indéfiniment notre armée. Les dieux pourront nous envoyer ce que bon leur semble, froid, géants, peu importe, nous tiendrons et, de minute en minute, nous gagnerons du terrain vers le sommet.

– Dans ce cas, me voilà rassuré ! s'exclama Amos. Bien, je fonce pour retrouver Tserle !

– Ne t'éloigne pas du cheval, ô notre Phénix ! lui conseilla le Phlégéthonien. Il saura résister aux pires tempêtes et te procurer la chaleur nécessaire pour ta survie. Ces bêtes ont un cœur de lave !

– D'accord, merci ! À bientôt, alors !

Amos ordonna au cheval de foncer vers le sommet de la montagne. Rapide comme l'éclair, la bête obéit tête baissée et, dans la tempête qui s'était levée, évita aisément les attaques de deux géants de glace. En moins de cinq minutes, le cavalier et sa monture furent en sécurité, loin des tirs de projectiles.

Ainsi que le lui avait dit Plax, un vent glacé d'une force surnaturelle se mit à fouetter le visage d'Amos qui utilisa un long foulard que lui avaient donné les korrigans pour s'envelopper la tête. Comme la neige devenait de plus en plus épaisse à mesure qu'il prenait de l'altitude, le cheval des Enfers dut ralentir le rythme de sa montée. Heureusement, la bête produisait toujours beaucoup de chaleur et ne semblait pas fatiguée.

« Ce n'est pas possible ! pensa le porteur de masques en essayant de percer le blizzard qui l'empêchait de voir à plus de deux pas devant eux. Je ne trouverai jamais Tserle dans cette tempête ! Oh ! mais oui, tiens ! Le pendentif de l'amazone, je l'oubliais, celui-là ! »

Les mains glacées malgré les pouvoirs de son masque de feu qui le protégeait de ce froid surnaturel, Amos regarda à travers le cristal et se concentra. Guidé par les couleurs du cristal, il mena sa monture vers le dernier plateau, tout en haut du mont d'Hypérion, pour y découvrir enfin celle qu'il cherchait.

Enchaînée les bras vers le haut à deux immenses colonnes de marbre blanc, les pieds retenus à un socle de pierre, la tête inclinée sur une épaule, Tserle attendait d'être délivrée. Son corps était complètement gelé, et sa peau, bleuie à cause du froid, paraissait aussi fragile que du cristal. Elle portait une armure semblable à celle des amazones, si ce n'est qu'à la taille, une large ceinture retenait le fourreau d'une large épée à deux mains.

« Les dieux l'ont bien piégée, songea Amos en sautant de sa monture. Pas étonnant qu'elle soit gelée, même la neige n'arrive pas à tenir à cause de ces bourrasques. »

Pour faciliter ses propres mouvements, le garçon plaça le cheval de façon que celui-ci le protégeât du vent pendant qu'il s'efforçait de libérer la jeune fille. Il eut beau tenter de toutes les façons possibles de briser les chaînes, rien n'y fit : les cadenas et les maillons refusaient de céder. Malgré ses tremblements de froid, le porteur de masques essaya de liquéfier le fer en faisant appel à ses pouvoirs sur le feu. Quel ne fut pas son étonnement en s'apercevant qu'il y arrivait avec une stupéfiante facilité !

« Ce n'est pas normal, se dit-il. Mon corps a commencé à s'engourdir et mes pouvoirs devraient avoir un bien faible poids contre la volonté des dieux. Je n'aurais pas dû réussir avec autant de facilité… surtout par un froid aussi glacial… Et puis, les cadenas demeurent impossibles à ouvrir, alors que les chaînes sont toutes ramollies… Il y a quelque choses qui cloche… Ce doit être une ruse… »

Amos réfléchit encore quelques secondes.

«C'est ce que les dieux doivent attendre de moi. Ils veulent que je délivre Tserle! Ils m'opposent juste assez de force pour me rendre la tâche difficile, mais sans la rendre impossible… Qu'est-ce qu'ils attendent donc de moi? Ça y est, j'ai compris! Si j'emmène Tserle, elle se réchauffera et le choc thermique la tuera! Oui, c'est ça! Les immortels veulent me faire porter le poids de cette mort et me rendre coupable de l'échec de la mission des porteurs de masques!…»

Telle une gifle, un coup de vent vint frapper le garçon en plein visage.

– Je ne suis pas là pour te montrer le chemin, mais pour faire la route avec toi, dit tout haut Amos, se rappelant la fameuse phrase de son maître. Les dieux auront beau me gifler tant qu'ils voudront, ce n'est pas à moi de libérer Tserle de son piège, mais à elle de le faire! Elle est en parfaite position pour accomplir son voyage vers le masque de l'éther. Tout ce qui lui manque, ce sont les pierres de puissance de la terre.

Le garçon sortit de son sac une première pierre qu'il déposa dans la main gelée de la jeune fille. À l'aide du masque du feu, il parvint à réchauffer suffisamment sa paume pour que la pierre se mette à bouillir avant de pénétrer dans son corps.

– Au tour des deux autres pierres! s'exclama-t-il, ravi. Une fois que ce sera fait, elle sera en mesure d'entreprendre son voyage vers l'éther. Je dois par contre attendre quelques heures que son masque intègre correctement ses nouveaux pouvoirs avant de lui donner la deuxième pierre, puis, plus tard, la troisième. Il faut que je me réchauffe, maintenant!

Bien adossé contre la monture de Yaune-le-Purificateur, Amos utilisa ses pouvoirs sur l'air afin de créer autour d'eux une petite tornade. Ainsi protégé des terribles bourrasques, il réussit à rendre sa situation presque confortable. Il se mit à songer à Béorf et à Médousa, bien sûr, mais il eut davantage de pensées pour Lolya. En se remémorant les moments fantastiques des aventures qu'ils avaient vécues ensemble, il ressentit une mélancolie qui le submergea, et une larme perla au coin de son œil. Il aurait aimé être avec Lolya en ce moment bien précis. Ils se seraient blottis l'un contre l'autre près du feu, dans un abri de fortune, alors que la tempête aurait fait rage à l'extérieur. Il se rappela la fois où elle lui avait déclaré avec maladresse son amour, et comme sa propre réaction avait été tiède. Il soupira et se demanda si elle était heureuse chez les Dogons.

« Ce que j'ai pu être bête! se dit-il. J'aurais dû insister pour lui expliquer la réalité d'un porteur de masques et lui dire que, malgré cela, moi aussi, je l'aime. J'aurais voulu ne pas la blesser et encore moins la chasser de ma vie. Si je reviens vivant de cette mission, je tenterai de recoller les morceaux afin que nous repartions sur de nouvelles bases. Enfin, j'espère qu'il n'est pas trop tard et qu'elle me pardonnera l'indifférence que j'ai affichée… J'aimerais tant que tu sois là, ma belle Lolya… J'aimerais tellement t'entendre me raconter tes trucs bizarres de nécromancienne. J'ai si froid sans toi… »

13
Fana, Éoraki et Tserle

Une fois entrée par la porte de l'eau, Fana se retrouva dans l'obscurité totale. Si elle avait eu entre les mains sa boule de métal, cela ne l'aurait pas effrayée. Avec sa sphère, elle se serait aisément orientée et aurait pu sentir les ondes de présences hostiles. Mais là, sans son instrument, il était facile de s'imaginer de gros insectes assoiffés de sang ou une multitude d'autres créatures malveillantes. Dans la culture de Fana, tout ce qui faisait référence au noir était synonyme de danger. Celui-ci représentait les grandes profondeurs insondables de l'océan, lieux où les poissons difformes à longues dents, les araignées de mer géantes et les scorpions des sables au dard empoisonné se montraient impitoyables pour les humains. Petite, on lui avait raconté la terrible histoire d'un monstre venu des ténèbres qui avait détruit une ville entière avant d'avaler tous ses habitants.

« Du calme, Fana… du calme, pensa-t-elle, le cœur battant la chamade. Voyons, il n'y a rien ici qui puisse te faire du mal. Ne panique pas, abandonne cette satanée peur qui te paralyse. Voilà… Je dois garder mon sang-froid et ne pas me laisser submerger par mes émotions. »

Grâce au masque du feu, la jeune fille enflamma le bout d'une de ses flèches et en fit une torche pour s'éclairer. Devant, elle découvrit un grand escalier qui s'enfonçait très profondément dans le sol.

– Ah non! s'exclama-t-elle en essayant de trouver une issue derrière elle. Il n'est pas question que je descende ces marches! Je ne vais pas m'enfoncer dans les entrailles de la terre! Je manque déjà d'air… je manque d'eau… AU SECOURS! SORTEZ-MOI D'ICI!

Fana avait le pressentiment d'une catastrophe imminente. Paniquée, elle se mit à frapper de ses poings sur les murs, puis hurla comme un animal que l'on égorge. En utilisant ses pouvoirs, elle essaya de casser le roc, mais elle ne parvint qu'à s'épuiser. Pourtant, la porteuse de masques insista encore pendant un certain temps, puis elle s'effondra. Dans sa chute, sa tête heurta violemment le sol et elle sentit du sang couler sur son visage.

– Je ne sortirai jamais d'ici, murmura-t-elle, je suis emmurée vivante… Je n'ai plus d'espoir… Je veux sortir, j'étouffe! SORTEZ-MOI

D'ICI ! AU SECOURS ! AAAAAAH ! JE VEUX SORTIR !

Fana ne pouvait supporter d'être prisonnière d'un espace clos. Il lui fallait pouvoir courir vers l'horizon en savourant des yeux la beauté des grands espaces. Voir l'immensité de l'océan et des plages à perte de vue, voilà ce qui la rendait heureuse.

Une fois qu'elle se fut un peu calmée et que les sueurs, les vomissements et les palpitations eurent cessé, la jeune fille examina de plus près, à la lueur de sa torche, cet escalier qui semblait sans fin. Réflexion faite, elle fut forcée d'admettre que sa meilleure option pour se sortir de cet endroit était probablement d'emprunter cette descente vers les ténèbres et l'inconnu.

« Il faudra que tu sois forte, Fana, se dit-elle pour s'encourager un peu. La porte de l'eau ne me laissera pas revenir en arrière… Je dois descendre… Je dois descendre… Je dois descendre… »

***

Guidé par les conseils et les visions de Lolya, Éoraki volait maintenant vers le continent de l'air. Par l'intermédiaire de la jeune nécromancienne, Kalliah Blash lui avait fourni de précieuses informations pour trouver rapidement la porte du feu qui devait le conduire à sa destination finale. Toujours bien accrochée à l'armure de son maître, TuPal, les ailes déployées dans le vent, lui faisait pleinement savourer ce vol de nuit. La lune, plus claire que jamais, faisait danser sa lumière sur les vagues du grand océan.

— As-tu besoin de repos? demanda le porteur de masques à sa chauve-souris.

Au petit coup de langue qu'elle lui donna sur la nuque, il comprit qu'elle était encore en forme et qu'il pouvait fermer les yeux sans souci. Juste comme il allait s'endormir, TuPal changea soudainement de cap.

— Que se passe-t-il donc? lui demanda Éoraki.

L'animal siffla deux fois, ce qui, dans son mode de communication, annonçait un danger. Le sang du garçon ne fit qu'un tour. Tous les sens en éveil, il aperçut au loin, dans le ciel, une bonne dizaine de cavalières sur des chevaux volants. Elles fonçaient directement sur lui en tenant bien haut leurs lances et leurs épées!

Comme il n'était pas du genre à reculer devant la menace, Éoraki ordonna à TuPal de réduire sa vitesse sans modifier sa direction. Lorsque les montures furent assez près, le porteur de masques fit s'enflammer les ailes de deux pégases qui piquèrent dans l'océan avec leurs cavalières. Il enchaîna avec une bourrasque de vent descendante qui en désarçonna trois autres.

– Maintenant, lâche-moi, TuPal! ordonna-t-il à sa chauve-souris qui obéit aussitôt.

Éoraki tomba en chute libre jusque sur le dos d'un pégase abandonné. Il saisit la bride pour obliger la bête à faire demi-tour, puis la relâcha pour rejoindre à toute vitesse les cinq cavalières qui étaient encore sur leurs montures, plus haut. Avec sa grosse masse de combat, il en assomma une d'un seul coup, mais il ne put éviter quatre flèches dont une traversa son armure. Cependant, très rapidement, le masque de la terre fit disparaître la plaie grâce à une boue cicatrisante.

Des quatre cavalières restantes, TuPal en désarçonna deux d'une puissante attaque avant de s'accrocher de nouveau au dos d'Éoraki. Puis ce dernier utilisa son contrôle de l'air pour bondir du pégase et projeter des lignes de feu qui incendièrent les deux dernières guerrières et leurs chevaux ailés.

– Que leurs ancêtres les accueillent dignement dans le monde des morts, chuchota le garçon en les regardant s'abîmer dans la mer. Ces femmes n'auraient pas dû se montrer agressives envers moi; elles paient pour leur excès de confiance… TuPal, merci, ma vieille ! Comme toujours, tu as été parfaite !

***

Tserle ouvrit les yeux et vit un magnifique paysage où les fleurs, les arbustes et les arbres avaient l'aspect féerique des contes de fées. Elle se trouvait toujours en haut du mont d'Hypérion, mais le panorama était tout à fait différent de ce qu'elle avait vu jusque-là. Au loin, les montagnes verdoyantes avaient remplacé la glace. Sous un soleil de plomb, des abeilles et des libellules volaient çà et là, alors que, plus loin, un troupeau de cerfs broutait paisiblement à proximité d'un petit lac.

Le regard happé par tant de beauté, la jeune fille leva le pied pour faire un pas en avant. Ce fut alors qu'elle buta contre un homme qui avait le nez plongé dans un gros ouvrage.

« Enfin ! songea-t-il en fermant son livre. Je savais bien qu'Amos réussirait ! »

– Pardon…, dit timidement Tserle, je ne vous avais pas remarqué…

L'homme posa son livre et se leva.

– Jeune fille, répondit-il, écoute bien ceci. Il était une fois un homme qui voulait faire du bien à ses semblables. Son désir le plus profond était de changer le monde qu'il trouvait injuste et, comme il disposait d'un talent particulier pour raconter des histoires, il se mit à inventer des personnages et plein d'aventures. Il alla de village en village, mais ne trouva personne pour s'intéresser à ses récits. Il ne se découragea pas et persévéra en y mettant invariablement tout son cœur. Cependant, malgré ses efforts soutenus, jamais il ne réussit à changer le monde et, encore aujourd'hui, à l'instant même où je te parle, cet homme trimballe toujours ses histoires. Vois-tu, c'est que la justesse et la sagesse de ses propos n'ont pas encore réussi à percer l'âme des humains.

— C'est une bien triste histoire que celle-là, ne put que répondre Tserle qui ignorait où voulait en venir l'étranger.

— Je comprends à ton expression que tu te questionnes sur mes intentions… Je me trompe?

— Mais non, je vous écoute, c'est tout.

— Dans ce cas, j'aimerais que tu répondes à une simple question: pourquoi ce conteur s'obstine-t-il à vouloir changer le monde, alors que personne ne l'écoute?

Tserle réfléchit quelques secondes.

— En fait, je crois que l'homme sait qu'il racontera des histoires jusqu'à son dernier souffle sans jamais arriver à changer le monde.

— D'accord, mais alors pourquoi continue-t-il?

– Parce qu'il raconte aujourd'hui pour que le monde, lui, ne le change pas. Votre conteur sait ce qu'il est juste de faire et jamais il ne renoncera à suivre ce qu'il considère comme le meilleur chemin pour lui et pour les siens. C'est une question de conviction et d'honneur… aussi d'amour pour ses semblables.

– Tu es brillante, Tserle, fit son interlocuteur en souriant. Je crois bien que tu es prête !

– Prête ? répéta la jeune fille.

– Oui. Te voilà certainement disposée à entreprendre ton voyage vers le masque de l'éther et je t'y conduirai… Je m'appelle Mékus et je serai ton guide !

– Mais… mais je n'ai même pas encore toutes mes pierres de puissance ! s'exclama Tserle, étonnée. Mon masque de la terre est incomplet !

– Je te corrige, jeune fille. Ton masque de la terre est maintenant complet. Si, un jour, tu croises Amos Daragon, remercie-le, c'est son cadeau. Viens maintenant et sois forte, car notre chemin sera laborieux !

***

Fana essuya un peu de sang sur son front et, prudente, elle s'assura d'abord de la stabilité de la première marche de pierre avant de descendre, d'un pas incertain, une à une les autres marches ruisselantes du long tunnel.

– Ne panique pas ! Reste calme ! s'ordonna-t-elle à voix haute en s'agrippant à sa torche. Je dois contrôler mes émotions… Cette fichue terreur que je ressens chaque fois que je suis enfermée…

Lentement, la jeune fille s'enfonça dans les profondeurs sans fin de la terre et dut s'accorder une pause pour éviter d'avoir des crampes dans les jambes. Elle eut à s'arrêter souvent, car l'éternel chemin s'avéra épuisant.

Quelques heures après avoir entrepris sa descente, Fana déboucha dans une petite salle toute en pierre où le son rassurant du jaillissement d'une fontaine la réconforta un peu. L'extrémité de sa flèche toujours en flammes, elle vit bon nombre de torches éteintes qui étaient accrochées aux murs. Grâce à ses pouvoirs sur le feu, elle les alluma toutes et aperçut, tout près de la source, le corps inerte, en position assise, d'un elfe complètement desséché.

Elle s'en approcha avec précaution et remarqua ses pieds et ses mains palmés ainsi que des branchies bien visibles, juste sous ses longues oreilles. Accoudée sur le rebord de la fontaine, elle distingua aussi son armure de coquillages et, comme elle, il avait un arc et des flèches. Sa tête inclinée sur sa poitrine laissait surtout paraître ses longs cheveux blancs, car, bien que clairsemés, ils lui couvraient presque entièrement le visage.

La jeune fille se rappela alors que, sur son continent, les légendes se rapportant aux porteurs de masques parlaient d'une première génération d'elfes qui avaient échoué dans leur tâche de rétablir l'équilibre du monde. Elle supposa donc qu'elle avait devant elle un représentant de son continent de l'eau.

— Repose en paix, créature de légendes, dit-elle en baissant la tête. Les humains de chez moi vous doivent beaucoup, merveilleux elfes aquatiques, car vous nous avez enseigné l'art d'utiliser nos pensées pour communiquer avec les esprits marins. Sans vous, notre société n'aurait jamais pu se développer aussi harmonieusement avec l'environnement. Je te rends hommage, porteur de masques…

Fana avait raison. Les elfes avaient été d'importants collaborateurs dans la construction des villes sous-marines du continent de l'eau. Dans un temps reculé, ils avaient appris aux humains à ne pas craindre la mer, les lacs et les rivières, et à utiliser adéquatement les ressources des océans. Un jour, les elfes avaient disparu sans que l'on sût pourquoi et plus jamais on ne les avait revus dans les mondes marins.

Afin ne pas troubler son repos, Fana se dépêcha de s'abreuver à la fontaine et d'y remplir ses gourdes avant de nettoyer sa blessure à la tête. Puis, d'un simple geste, elle éteignit toutes les torches, sauf une qu'elle décida d'emporter.

Elle regagna ensuite l'escalier qui continuait vers les profondeurs.

– Adieu…, lança-t-elle doucement dans le noir en direction du corps de l'elfe.

«Bonne chance…», crut-elle entendre murmurer dans le clapotis de la fontaine.

***

Éoraki plissa les yeux: il lui semblait apercevoir faiblement une terre aux hautes montagnes. À travers une nappe de brouillard s'élevant de la mer, le contour du continent de l'air prenait timidement forme devant lui.

– Nous y sommes, TuPal! s'écria-t-il. Tu vas enfin pouvoir te reposer!

La chauve-souris émit un petit cri de bonheur. De longues heures de sommeil ne seraient pas un luxe après un si long voyage et, puisqu'elle était avant tout une créature nocturne, dormir toute la journée serait pour elle plus bénéfique.

— Trouvons un endroit sûr pour nous poser. Et peut-être qu'il y aura un gros arbre dans lequel tu pourras te suspendre pour dormir! Nous resterons ici le temps qu'il te faudra et, ne crains rien, je veillerai sur ton sommeil.

Même si sa vue et son ouïe étaient très développées, TuPal employa surtout l'écholocation pour éviter tout obstacle lors de son atterrissage sur le continent embrumé. Ainsi, elle pouvait dresser mentalement une carte du territoire avant même d'y avoir mis les pieds ou de l'avoir survolé. Il lui était même possible de percevoir le mouvement d'êtres vivants et de s'en éloigner pour trouver des coins plus tranquilles.

— Et puis? Trouves-tu un endroit sûr? s'informa Éoraki qui n'arrivait toujours pas à voir distinctement le continent.

Comme l'animal allait siffler sa réponse, un éclair déchira le ciel et vint s'abattre directement sur les deux voyageurs. Sous le choc, TuPal largua le porteur de masques qui fit une chute spectaculaire pendant laquelle, grâce à ses pouvoirs, il put se liquéfier afin de ne pas se blesser lorsqu'il toucherait l'eau. Ainsi, son corps éclaboussa de tous côtés, mais il se reconstitua rapidement.

« Les dieux! pensa-t-il en retrouvant sa forme humaine. Les dieux veulent m'empêcher d'atteindre la porte du feu… Ce n'est pas la première fois qu'ils m'attaquent en traître. »

Le brouillard étant suspendu au-dessus d'eux, Éoraki repéra vite TuPal dont le corps flottait non loin de lui. En quelques brasses, il rejoignit la chauve-souris qui, miraculeusement, était encore vivante. Il la traîna à la nage jusqu'à une plage de galets délimitée par deux falaises et il constata qu'elle avait une patte et une aile cassées.

– Sois tranquille, TuPal, tu guériras bientôt. J'ai ce qu'il faut pour te faire un bandage.

La chauve-souris était bien consciente que, désormais, elle serait inutile à Éoraki dans sa mission. D'un signe de la tête, elle lui indiqua de continuer sans elle.

– Jamais je ne t'abandonnerai, TuPal, tu m'entends ? Tu m'as conduit jusqu'à ce continent, et maintenant c'est à moi de prendre la relève. Maintenant, c'est moi qui te porterai et, ensemble, nous nous rendrons jusqu'à la porte du feu que nous traverserons tous les deux. C'est ensemble que nous avons quitté la tribu et c'est ensemble que nous y retournerons, entendu ?

Reconnaissante, TuPal ferma les yeux, s'en remettant ainsi totalement à la volonté de son maître.

***

Tserle ramassa ses longs cheveux bouclés bruns sur sa nuque et replaça son armure de cuir, puis elle avança vers Mékus. Elle venait de passer la dernière épreuve pour obtenir le masque de l'éther et cela avait été particulièrement difficile. La jeune fille avait revécu la bataille où sa mère avait été dévorée vive par un clan de cyclopes enragés. Les larmes aux yeux et les dents serrées, elle respirait profondément pour retrouver ses esprits.

– Qu'as-tu appris de cette épreuve? lui demanda Mékus, soucieux de sa réaction.

– J'ai appris que je ne peux rien changer au passé, répondit doucement Tserle, et que je ne peux avoir de prise que sur l'avenir. J'ai revécu la mort de ma mère au moins des dizaines de fois et j'ai toujours essayé de la sauver de plusieurs façons. J'ai échoué à tous les coups.

– Dorénavant, peut-être cesseras-tu de te culpabiliser. Chaque être porte en lui son propre destin, et il te faut l'admettre afin de poursuivre ton voyage vers l'éther.

– Oui, je le sais maintenant. Dans la grande famille des Hyell, d'où je viens, nous avons une maxime qui dit: «Vouloir, c'est pouvoir.» Je me rends bien compte que la volonté n'est pas tout dans la vie. La preuve, c'est que ma mère voulait tuer ces géants et qu'elle n'a pas réussi. Elle avait une volonté de fer, mais cela n'a pourtant pas suffi à la sauver !

– Que lui manquait-il donc pour réussir ?

– De l'organisation et de l'aide. Les humains sont dépendants les uns des autres. C'est notre force, car unis dans un même projet nous pouvons faire des miracles, mais c'est aussi notre faiblesse, car désunis nous sommes vulnérables et faibles.

– Je suis ravi de ta réponse, jeune fille, continua Mékus. Maintenant, j'ai une grande révélation à te faire : en tout, vous êtes quatre porteurs de masques et tu devras t'unir aux trois autres pour mener à bien ta mission.

– Quoi ? Quatre porteurs de masques ?! répéta Tserle, interloquée.

– Et vous demeurez tous les quatre sur quatre continents différents, ajouta l'élémental. C'est d'ailleurs grâce à Amos Daragon, le porteur de masques du continent de la terre, que tu es ici aujourd'hui. Il a fait le voyage, de chez lui et au péril de sa vie, expressément pour te remettre les pierres de puissance qui te manquaient.

– Cela explique pourquoi vous m'avez demandé de le remercier quand aura lieu notre rencontre ! s'exclama Tserle. Je comprends maintenant pourquoi j'ai fait tout ce chemin à l'intérieur de moi.

– Te crois-tu prête pour acquérir le masque de l'éther?

– Oui, je le suis.

14
La porte du feu

Alors qu'Amos redescendait du sommet de la montagne sur le cheval des Enfers, l'affrontement entre les Phlégéthoniens et les géants de glace se poursuivait. Les petits bonshommes de feu avaient réussi à faire fondre la pierre, formant ainsi un lac de lave d'où, à l'aide de frondes magiques, ils faisaient pleuvoir de petits météorites brûlants sur leurs adversaires. Les géants, de leur côté, lançaient d'énormes quantités de glace et de neige dans le but d'éteindre les flammes toujours plus vives qui, de minute en minute, gagnaient du terrain sur le froid. Le champ de bataille était enveloppé de vapeurs humides qui, selon les vents, se cristallisaient en flocons ou s'évaporaient vers le ciel. Vagues de chaleur et vagues de froid se succédaient à un rythme effréné et, le temps de le dire, il était possible de ressentir jusqu'à trois changements de température. Du point de congélation au point d'ébullition, la même goutte d'eau oscillait entre l'état solide et l'état gazeux, prisonnière de la friction entre les éléments.

Sur le champ de bataille, des loups de glace aux énormes canines translucides crachaient des jets d'air glacial tout en essayant de croquer les Phlégéthoniens les plus téméraires. Armés seulement de seaux de lave avec lesquels ils arrosaient la neige autour d'eux, les soldats de la rivière de feu se voyaient souvent contrariés dans leur tentative d'avancement. Les blessés dont le corps avait été gravement refroidi étaient immédiatement ramassés par les guérisseurs qui les jetaient dans le petit lac de lave afin de les régénérer. Il ne suffisait que de quelques minutes dans le bain bouillant pour que les moribonds en ressortent complètement guéris et tout à fait prêts à reprendre le combat. Non loin de là, bien installé sur une grosse pierre lui servant d'observatoire, le prêtre phlégéthonien encourageait ses troupes et hurlait des psaumes pour rendre grâce à la rivière de feu.

Malheureusement pour le peuple de feu, les géants de glace avaient également la possibilité de se régénérer à volonté. La vapeur qui s'échappait de leur peau au contact de la lave s'agglutinait autour des plaies en les cicatrisant. De plus, ils profitaient de la protection de Hel, la fille de Loki.

Cette créature issue du mariage de Loki et de la géante de glace Angerboda régnait sur le sommet du mont d'Hypérion depuis de nombreux siècles. Froids comme la mort, les géants étaient ses loyaux serviteurs et exécutaient au doigt et à l'œil ses moindres volontés. Cette demi-déesse monstrueuse avait le corps et le visage d'une vivante, mais ses jambes étaient celles d'une morte. Incapable de se mouvoir à cause de ce handicap, elle vivait clouée sur son trône de glace et se plaisait à geler les aventuriers qui osaient traverser son territoire.

Son siège bien installé sur un promontoire d'où elle pouvait voir en un coup d'œil la totalité de son royaume, Hel s'amusait follement à créer de nouveaux géants qu'elle envoyait dans la bataille. Elle jubilait en contemplant l'affrontement et ne se rappelait pas avoir ressenti autant de plaisir depuis le jour où elle avait transformé Tserle en bloc de glace. Hel, à l'image du froid, aimait surprendre ses victimes et les immobiliser progressivement dans l'angoisse et la souffrance, et c'est ainsi qu'elle avait procédé avec la pauvre porteuse de masques. Une fois que cette dernière avait été capturée par sa horde de géants, la demi-déesse l'avait fait solidement attacher à des colonnes sacrificielles en marbre blanc, et lui avait lentement gelé les pieds puis les mains. Grâce au masque du feu, Tserle avait pu maintenir un bon moment la chaleur de son corps, mais, à bout de forces, elle avait dû céder devant la persistance de Hel. La jeune fille ne possédait pas encore les pierres de puissance de la terre qui auraient pu lui fournir une armure résistante contre les morsures du froid.

« Mais qui est-ce donc ? se demanda la demi-déesse en apercevant quelqu'un chevaucher pas très loin d'elle, à travers le blizzard. On dirait qu'il se dirige vers la bataille… Tiens, tiens… C'est sûrement cet Amos Daragon dont m'a parlé mon père. Si le plan s'est déroulé comme prévu, il a libéré Tserle et doit essayer de trouver un endroit pour la réchauffer ! Comme une fleur que l'hiver surprend, il se retrouvera avec le corps flétri d'une morte dont il aura lui-même provoqué le trépas, ha ! ha ! ha ! Ainsi, les porteurs de masques retourneront à la légende, et les dieux régneront encore pour des siècles sur les mortels. Loki, mon père, a souvent de très bonnes idées, dommage qu'il soit si prétentieux ! »

Hel tourna ensuite son regard infernal vers les colonnes de marbre où l'on avait attaché Tserle. Quel ne fut pas son étonnement de constater que la jeune fille y était toujours ! Si c'était bien Amos Daragon qu'elle venait de voir passer, c'est qu'il ne l'avait pas emmenée avec lui?! Tserle était bien là, toujours enchaînée, dans la même position où Hel l'avait abandonnée après l'avoir congelée.

– Cet Amos Daragon n'a rien fait pour la délivrer?! siffla-t-elle. Pourtant, il aurait dû la prendre avec lui et l'emmener au pied de la montagne. Ah! que les mortels sont stupides!

La demi-déesse se pencha vers un de ses énormes chiens de glace et lui ordonna d'aller tuer Amos. La bête avait l'allure d'un gros bouledogue à poil long et à la mâchoire plus large que nature.

– Si ce garçon n'a même pas l'intelligence de sauver une jeune fille en détresse, il ne mérite pas de vivre plus longtemps. J'ignore de quelle façon la Dame blanche choisit ses porteurs de masques, mais celui-là a un noyau de prune à la place de la cervelle. Va, mon gros toutou, va! Et rapporte vite son corps afin que je me délecte de son cœur. Miam! Il n'y a rien de plus savoureux que le sang chaud humain! Ha! ha! ha! ha!

Le chien bondit et fila à vive allure en direction d'Amos. La langue pendante et les yeux injectés de sang, la bête était follement excitée à l'idée de broyer un mortel entre ses dents. D'une surprenante agilité, la grosse créature courait aisément dans la neige et sautait comme un lapin par-dessus les obstacles.

Dans la tempête, Amos n'aurait rien senti de la menace qui planait sur lui si le cheval de Yaune n'avait pas fait un brusque mouvement de tête vers l'arrière. Instinctivement, le garçon saisit son trident et le porta au-dessus de lui. La pointe de son arme toucha le chien enragé de Hel qui s'y déchira le ventre lorsqu'il voulut bondir sur Amos. L'animal retomba durement sur le sol en râlant de douleur pendant qu'il se vidait de ses entrailles.

– FONCE DROIT DEVANT ! cria le porteur de masques à sa monture. Il y en aura peut-être d'autres comme celui-là ! Nous devons vite rejoindre les Phlégéthoniens pour être plus en sécurité !

Le cheval des Enfers, déjà à plein régime, allongea le cou et augmenta encore la cadence. Crachant du feu et de la lave, il hennit pour se donner du courage et sauta par-dessus une crevasse qu'il aurait normalement contournée. Pendant quelques secondes, Amos eut l'impression de chevaucher son dragon.

– BRAVO ! l'encouragea-t-il en lui caressant l'encolure. Tu es une bête superbe ! Nous sommes presque arrivés ! Allez ! un dernier effort !

En se faufilant à travers l'armée des géants et la meute de loups de glace, le garçon se rendit jusqu'au lac de lave des Phlégéthoniens.

Aussitôt qu'il eut passé les premières lignes de la bataille, une chaleur suffocante remplaça le froid grinçant. Amos descendit de son cheval qui se rua vers le lac pour s'abreuver de lave bouillante. Il alla trouver le prêtre phlégéthonien.

– Mission accomplie ! déclara-t-il. Je vous serai éternellement reconnaissant !

– Mais… mais…, hésita le prêtre, ne devais-tu pas, ô grand Phénix ! extirper une jeune fille des griffes du froid ?

– Si, répondit Amos, mais mes plans ont changé en cours de route ! J'ai fourni à Tserle ce dont elle avait besoin pour se sortir elle-même du pétrin et tout devrait bien se passer pour elle, maintenant. Allez ! je dois poursuivre mon chemin afin d'accomplir ma mission.

– Mais… grand Phénix, regarde ce que nous avons trouvé !

Le prêtre fit signe à Amos de le suivre et se dirigea vers le camp des korrigans. Le passage des Phlégéthoniens avait fait fondre la neige et la glace sur une très grande partie de la pente où l'on pouvait apercevoir une large pierre rectangulaire. À demi incrustée dans le sol, elle ressemblait à un couvercle de cercueil sur lequel apparaissaient des symboles étranges et des runes aux formes bizarres.

« Cela me rappelle le cercueil de Crivannia, pensa Amos en glissant ses doigts sur les inscriptions. En plus, j'ai déjà vu ça quelque part… »

Soudain, le porteur de masques se souvint de son rêve avant son départ pour le mont d'Hypérion. Il y avait quatre portes, chacune représentant un élément.

« Je suis devant une entrée, se dit-il. Me voilà sûrement devant la porte que devra emprunter le porteur de masques venu du continent du feu. Je comprends… Il y a quatre porteurs de masques, quatre éléments, quatre armes et… mais oui, quatre portes à traverser pour mener à bien notre mission ! Si je me fie à cette logique, c'est moi qui représente le continent de la terre et je porte un trident qui est une arme associée à l'eau. La première pierre de puissance que j'ai reçue est une pierre de l'air, mais j'ai les pouvoirs du Phénix qui est évidemment relié au feu… »

Amos fut interrompu dans ses réflexions par la chamane des korrigans qui lui tapotait l'épaule. Elle était exactement conforme à l'imitation de Loki, mais elle semblait beaucoup moins sympathique.

– Où est-elle ? demanda la petite créature ridée. Tu devais sauver Tserle, n'est-ce pas ? Alors, où est-elle ? Je t'avertis que si elle est morte, les choses tourneront très mal pour toi et je ne crois pas que...

Dans un déversement de paroles qui lui rappela Plax, son guide de montagne, la créature bombarda Amos de questions et de menaces. Le garçon posa une main sur la bouche de la korrigane et, de l'autre, lui signifia de se taire. Les yeux tout ronds d'étonnement, la chamane s'arrêta net et le fixa sans même remuer les paupières.

– Tserle est toujours au sommet de la montagne, mais son masque de la terre est maintenant complet, expliqua Amos en retirant sa main du visage de la korrigane. Si je l'avais descendue moi-même, le choc thermique aurait sans aucun doute causé sa mort...

– D'accord, tu as eu raison, répondit la chamane, vexée de s'être fait museler. C'est bien. Elle réussira à trouver en elle le chemin de sa libération. Très bien... Mais dis-moi, tout à l'heure, tu semblais absorbé dans tes pensées... Puis-je t'être utile?

– J'ignore où aller maintenant pour terminer ma mission. Je crois que c'est parce que je suis fatigué; je n'arrive pas à voir clair...

– Il y a quatre portes. La porte de l'eau se trouve sur le continent de la terre, et celle de l'air, sur le continent de l'eau. Quant à la porte du feu, la voilà, tu viens tout juste de la découvrir.

— Bien ! Il ne resterait plus que la porte de la terre à trouver ! s'exclama Amos. Et si vous dites vrai, elle serait sur le continent du feu !

— Exactement…

— Ah non ! soupira le garçon, découragé. Je devrai fouiller en entier ce nouveau continent pour la trouver…

— Certainement pas, répliqua la vieille korrigane, car la Dame blanche a bien entouré ses porteurs de masques. Pour ma part, je suis une spécialiste des univers parallèles et des nouvelles dimensions. Il arrive que je me promène dans l'éther et que j'y rencontre l'esprit de ton maître, Sartigan. Ce vieux bouc t'aime beaucoup et il est intarissable d'éloges à ton sujet. Enfin… Je sais exactement où sont situées les quatre portes et je peux t'indiquer comment te rendre facilement à la tienne, celle de la terre.

— Formidable ! fit Amos. Descendons avertir Maelström que nous devons reprendre la route !

— Je me chargerai moi-même d'aviser ton dragon, dit la chamane. Car tu n'auras pas besoin de lui.

— Ô grand Phénix ! lança soudainement le grand prêtre des Phlégéthoniens qui avait suivi la conversation. Nous voyagerons par le feu et nous te conduirons vers la porte !

– Par le feu ? Mais... mais..., hésita le porteur de masques.

– Ne t'en fais pas, ce sera facile. Nous ferons comme avec le cheval de Yaune : nous te réduirons en cendre !

Amos haussa les épaules et soupira :

– Bof ! Pourquoi pas ? Après tout, je suis le Phénix !

15
Brûlant

— Puis-je te demander un service avant que tu ne partes ? demanda la vieille korrigane à Amos.

— Bien sûr.

— Si Tserle réussit à se sortir du piège de glace qui la retient prisonnière, pourrait-elle emprunter ta créature volante pour se rendre sur le continent de l'eau ? Ma jeune élève avait un magnifique pégase qui, malheureusement, s'est laissé mourir de chagrin en espérant son retour. Plax m'a raconté que tu as un gros lézard, alors je me suis dit que…

— C'est un dragon… Son nom est Maelström et il est tout à fait libre de faire ce qui lui plaît. Je ne peux pas m'engager pour lui, mais si vous lui expliquez bien la situation, je suis certain qu'il ne refusera pas de se lancer dans une nouvelle aventure avec Tserle.

— À la bonne heure ! Mais… si je puis me permettre, comment elle et moi réussirons-nous à communiquer avec lui ? Plax m'a dit que ta bête ne parle même pas notre langue.

– Je porte des oreilles en cristal qui me permettent de comprendre et de parler toutes les langues, précisa Amos. Ce sont des objets magiques d'une très grande valeur que vous offrirez, de ma part, à Tserle lorsqu'elle descendra de la montagne. Ainsi, elle pourra facilement communiquer avec Maelström et lui expliquer la situation. Moi, je ne pense plus en avoir besoin.

– Oh! merci, merci, merci, répéta la chamane, émue. Tu as un cœur d'or.

– Voilà! fit le garçon en posant ses doigts sur les oreilles de cristal pour les ôter. S'il vous plaît, vous saluerez Plax pour moi… Allez! Au revoir et bonne chance!

Amos tendit cérémonieusement les précieux objets à la korrigane. Quand même un peu triste de se séparer du merveilleux cadeau de la reine Gwenfadrille, il ne regretta pas son geste. Il était plus important pour lui de partager même ses objets de valeur avec ceux qui en avaient besoin que de les conserver égoïstement.

– Nous sommes prêts, dit le prêtre phlégéthonien en invitant le porteur de masques à le suivre.

Malgré le combat qui faisait encore rage entre les troupes de Hel et les habitants de la rivière de feu, une bonne centaine de petits bonshommes de flammes attendaient l'arrivée de leur Phénix sur les bords du lac de lave. Ils avaient été désignés pour transporter les cendres d'Amos jusqu'à la porte de la terre située sur le continent du feu.

– Ô puissant Phénix! lança le prêtre en montrant d'un geste solennel ses élus. Voici les porteurs qui, à travers les vapeurs gazeuses de l'atmosphère, te feront franchir la grande mer afin de te déposer sur l'autre rive. Maintenant, ô grand Amos! tu dois...

Trop ému de l'honneur qu'on lui avait fait en le choisissant pour cette mission, un des Phlégéthoniens présents perdit connaissance. C'était beaucoup trop pour lui! La présence d'Amos et l'allocution du prêtre l'avaient bouleversé à un point tel qu'il en était tombé sur le dos en poussant un couinement d'extase. Sans tarder, ses compagnons le relevèrent pour l'amener un peu à l'écart et l'éclabousser de lave afin de le ranimer. Le petit être recouvra rapidement ses sens et, embarrassé par sa conduite déplacée, il reprit vite sa place parmi les autres.

– Je poursuis donc... Alors, comme je le disais à notre Phénix, poursuivit le prêtre sur un ton qui trahissait l'agacement, vous le conduirez en sécurité, à bon port, n'est-ce pas, mes flammes? Il ne te reste plus, ô grand Amos Daragon! qu'à t'immoler en te plongeant dans le lac.

– Et mon trident ? s'inquiéta le garçon.

– Tout ce qui deviendra poussière en ta compagnie, expliqua le prêtre, renaîtra de ses cendres le moment venu.

– Bon… d'accord… très bien…

***

Tout en sueur, Béorf se réveilla en sursaut et poussa un cri qui fit trembler les murs de sa chambre. À côté de lui, Médousa, qui lisait à la lueur de la lampe à huile, sursauta à son tour si fort qu'elle bondit de sa chaise et atterrit à plat ventre de l'autre côté du lit.

– Béorf ? Qu'y a-t-il, Béorf ? lui demanda-t-elle, le cœur battant.

– Je l'ai vu ! Il était là ! Je l'ai observé long-temps avant que…

– Qui as-tu vu, Béorf ? Qui était-ce ?

– Je ne sais… je ne sais plus…, balbutia le gros garçon, tout agité. Enfin, je crois que j'ai vu Amos… Je le voyais de… comment dire ?… à vol d'oiseau… dans la neige, et le feu !

Médousa se releva et appliqua une nouvelle compresse bien fraîche sur le front de son ami.

– Tout doux maintenant, lui dit-elle tendrement, ce n'était qu'un mauvais rêve… un simple cauchemar, tête de noix…

Depuis qu'il avait été grièvement blessé lors de sa fuite de Bhogavati et de surcroît empoisonné par l'arme de son agresseur, Béorf demeurait fragile, mais sa convalescence se déroulait plutôt bien. Il avait recommencé à manger régulièrement, même trop parfois, et ce, jusqu'à la visite de Fana. Depuis le départ de la jeune fille, qu'il n'avait d'ailleurs pas eu le temps de rencontrer, le béorite faisait toutes les nuits des cauchemars à répétition qui l'empêchaient de bien dormir. On aurait dit que Fana avait éveillé, uniquement par sa présence dans la vieille forteresse, des parties dormantes de son cerveau qui s'activaient maintenant la nuit.

— Je l'ai vu, Médousa... Je me rappelle maintenant, continua-t-il, un peu moins confus. C'était bien Amos... Nous devrions aller le rejoindre, il a besoin de nous... Laisse-moi me lever, je dois l'aider... Sans moi, il ne pourra...

— Chut, Béorf, riposta doucement la gorgone. Je te rappelle que tu n'es même pas en mesure d'aller beaucoup plus loin que le petit coin. D'accord, ton état s'améliore, mais de là à...

— Écoute-moi, Médousa, la coupa le béorite. Amos était au bord d'un lac de lave et il allait s'y immerger! On aurait dit qu'il retournait dans les Enfers... Il y avait des petites créatures de feu partout et... et plus loin, il y avait une grande bataille avec des géants de glace...

— Bien sûr, Béorf, bien sûr... et ce matin, rappelle-toi que tu m'as raconté avoir vu Amos grelottant à côté d'une fille congelée et ligotée. Il y avait aussi le cheval de Yaune le démon...

— Oui... et aussi une femme assise sur un trône de glace qui caressait un de ces chiens!... Puis... puis... Je... je ne suis plus certain de...

— Mets-toi sur le côté, je vais refaire ton pansement, dit Médousa pour détourner la conversation.

Comme le lui avait enseigné Lolya, la gorgone s'assura d'abord que la plaie n'était pas infectée, puis versa dessus quelques gouttes d'une mixture préparée par la nécromancienne et censée favoriser la guérison. Elle appliqua ensuite une pommade sur les rougeurs avant de refaire le bandage.

— Voilà! s'exclama-t-elle en bordant son ami. Je crois que tu peux te rendormir.

— Tu sais quoi? lança Béorf en se calant la tête sur l'oreiller. Je sais que c'est la réalité.

— Tu m'inquiètes beaucoup, répondit Médousa en lui caressant les cheveux. Jamais je ne t'ai vu dans un tel état. Tu sais, les nagas ne m'ont pas fait de cadeau à moi non plus et, d'habitude, tu récupères beaucoup plus vite que moi. C'est même toi qui avais l'habitude de prendre soin de moi...

— Oui, je sais… je n'arrive pas à remonter la pente. Mais ça viendra. Ce doit être ce maudit poison qui se promène encore dans mon sang.

— Allez, rendors-toi maintenant, je veille sur toi.

— Toi et moi, nous formons une bonne équipe, hein ?

— Depuis le premier jour de notre rencontre, Béorf ! fit la gorgone en souriant. Une sacrée équipe même !

— Alors, je t'en prie, crois-moi quand je te dis qu'Amos a besoin de nous, insista Béorf. Dans mes rêves, je peux le suivre à la trace… J'ai parfois même l'impression de pouvoir le toucher ! Tu sais que jamais je ne t'ai menti et…

— Je sais et je te crois, l'interrompit Médousa. Maintenant, cesse de t'exciter et dors ! J'ai envie de te retrouver en forme pour pouvoir te botter le derrière comme avant ! Et si nous formons une si bonne équipe, c'est parce que c'est moi le chef !

— Tu profites de la situation, s'amusa Béorf. Attends, tu ne perds rien pour attendre !

— Tu as bien raison, tiens ! J'ai assez attendu, répliqua la gorgone en se penchant pour lui donner un long baiser.

Béorf le reçut comme un cadeau. Lorsque Médousa retira ses lèvres des siennes, le gros garçon ému demeura d'abord muet, puis, les yeux clos de bonheur, il déclara :

– Je savais bien que j'étais irrésistible, même pour les créatures les plus dures à conquérir !

– Tu es aussi romantique qu'une planche de bois, Béorf ! s'exclama la gorgone dans un grand rire.

– En tout cas, s'il s'agit d'un nouveau médicament que tu essaies, j'en reprendrais bien !

– Ouais, c'est ça ! Dans tes rêves, tête de noix !

– Oh ! oui, c'est bien là que tu te trouves, Médousa, dans mes songes les plus doux mais jamais dans mes cauchemars !

– Alors, dans ce cas, tu as droit à un autre baiser, mais tout petit, celui-là !

– Ah ! je me sens déjà mieux !

***

Exactement comme l'avait vu Béorf dans son cauchemar, Amos avança lentement dans le lac de lave. En utilisant ses pouvoirs de porteur de masques, il s'enflamma le corps, puis plongea la tête la première dans le magma fumant.

– Par la force et le pouvoir du feu, lança alors le prêtre à genoux devant la lave bouillante. Je t'ordonne, Ô GRAND PHLÉGÉTHON ! père de toutes les rivières de feu, de me rendre les cendres de notre, Ô GRAND AMI ET PHÉNIX! le porteur de masques, AMOS DARAGON. DONNE-MOI LA POUSSIÈRE AFIN QUE, PAR NOTRE FOI, CE GARÇON RENAISSE DE SES CENDRES ET TÉMOIGNE DE LA FORCE DU GRAND PEUPLE DES PROFONDEURS! CAR, OH OUI!...

– ...NOUS SOMMES UN GRAND PEU-PLE! ajoutèrent les Phlégéthoniens désignés.

– Pour ça, OH OUI! nous le sommes!

Pour recueillir les cendres du porteur de masques, c'est l'esprit suprême de la rivière de feu, maître incontestable de tout ce qui bout, brûle ou cuit par les flammes, qui émergea lentement de la lave. Face au prêtre, tous aperçurent une petite salamandre, le dos couvert de marques en forme d'étoile. Rares étaient les moments, les événements où le reptile apparaissait devant les Phlégéthoniens.

Dans le monde des vivants, la salamandre était bien connue des alchimistes et des magiciens. On lui accordait de grands pouvoirs comme sécréter un liquide laiteux qui, au contact de la peau humaine, pouvait empoison-ner l'organisme. Lentement, celui qui avait le malheur d'être infecté par la salamandre, commençait à perdre tous ses poils, et son corps se couvrait de plaques noires ressemblant à de profondes brûlures. Ses jours étaient alors comptés, car il n'existait aucun remède ou antidote efficace contre le mal du feu. Il arrivait souvent que les victimes atteintes de ce mal se consument vivantes et qu'on les retrouve calcinées.

Le reptile s'approcha du prêtre et lui tendit une petite boule grise.

— Voici donc les cendres du Phénix, murmura le Phlégéthonien en courbant le dos pour prendre la petite boule grise. Voici les poussières de celui qui rétablira l'équilibre du monde et qui nous redonnera notre place dans le monde des vivants.

— Esprit du feu, grand prêtre des Phlégéthoniens, déclara la salamandre, je te demande de rester ici, car, une fois la tâche des porteurs de masques terminée, nous chasserons la demi-déesse Hel de cet endroit pour y établir un volcan. Tu recevras bientôt la visite d'un second porteur de masques, l'élu d'un autre continent. Il portera sur son dos une grande chauve-souris blessée. Lorsque tu l'apercevras, indique-lui rapidement la porte du feu. Une fois qu'il l'aura franchie, il sera en sécurité et pourra rejoindre les autres. Fana, la représentante de l'eau, est déjà dans le couloir menant vers le centre du monde et elle attend l'arrivée des trois autres.

– Et Tserle? demanda le prêtre. Arrivera-t-elle à temps pour la rencontre des porteurs de masques?

– J'ai demandé aux plus puissants esprits de l'eau de la guider. Elle sera entre bonnes mains.

– Je suis à tes ordres, bête de la braise! affirma le petit bonhomme. Dis-moi, es-tu certain que les porteurs de masques arriveront à éliminer les dieux?

– Amos porte déjà en lui la réponse à la grande énigme, répondit la salamandre. C'est lui qui guidera les autres vers la grande victoire des esprits de la nature et l'incarnation de la Dame blanche. Que tes Phlégéthoniens prennent bien soin de ses cendres, l'avenir du nouveau monde en dépend!

16
Le réveil

Lorsqu'il reprit conscience, Amos se trouvait à flanc de falaise, le bout des pieds dans le vide. Tout autour, des montagnes arides aux teintes grises s'étendaient à perte de vue.

– HO! HOLÀ! cria le garçon en s'agrippant à la paroi de roc. Franchement, les Phlégéthoniens auraient pu me poser ailleurs qu'ici! Et maintenant, je fais quoi? Je me lance dans le vide?!

Inquiet de sentir la pierre friable se dérober sous ses pieds, Amos ne remarqua pas devant lui la porte de pierre similaire à celle du mont d'Hypérion. La figure trop près de la paroi pour y distinguer les runes et les symboles qui y avaient été gravés, il ne chercha qu'à s'y appuyer pour trouver son équilibre. Soudain, son bras traversa la pierre et tout son corps fut aspiré à l'intérieur de la falaise.

Dans l'obscurité totale, le porteur de masques dégringola ce qui lui parut être un escalier très abrupt. Dans sa chute, il parvint à tendre les jambes, ce qui l'immobilisa enfin.

« Mais que se passe-t-il ? J'aboutis sur une falaise et, ensuite, voilà que je passe à travers la pierre… Une surprise n'attend pas l'autre… Bon… et si je me faisais un peu de lumière ?… »

En utilisant le masque du feu, Amos fit naître une flamme au creux de sa main. La lumière lui confirma qu'il était bien dans un escalier. Taillé dans la pierre, celui-ci semblait s'enfoncer vers le centre de la terre.

– Bon… je crois bien que mon chemin est tout tracé ! murmura le garçon en s'assurant qu'il avait toujours son trident et tout le contenu de son sac de voyage.

Tout était à sa place et des provisions avaient même été ajoutées.

« Sûrement un cadeau des korrigans, pensa Amos. De la viande séchée, des noix, du pain… hum, de la nourriture de grimpeurs. »

– Ohé ! se mit-il à crier. Y a quelqu'un ? OHÉÉÉÉÉ !

Personne ne répondit à son appel.

« Je mange un peu et j'attaque la descente, se dit-il en prenant une poignée de noix. Si Béorf était ici, il n'y aurait déjà plus rien à manger ! »

Alors qu'il évoquait le nom de son copain, le cœur d'Amos se serra. Depuis le début de son aventure de porteur de masques, Béorf avait presque toujours été à ses côtés et, une fois de plus, le poids de son absence se faisait sentir. Toutefois, le garçon se réconforta en pensant que Médousa veillait à la convalescence de son ami et il chassa la mélancolie pour amorcer sa descente dans les entrailles de la terre.

« Mais pourquoi suis-je donc ici, à m'enfoncer lentement dans ce tunnel, alors que je devrais normalement affronter les dieux ? se demanda-t-il en regardant défiler les marches de l'escalier. Depuis l'acquisition de mon premier masque, je me demande de quelle façon les éléments pourraient affaiblir et même anéantir le pouvoir des dieux sur la terre ! Comment peut-on éliminer des êtres immortels ? En tout cas, je ne peux certainement pas rétablir l'équilibre du monde uniquement en contrôlant l'air, le feu, la terre ou l'eau ! Dire que je suis sur le point de terminer ma mission et je n'ai pas la moindre idée de ce que je dois faire pour y arriver. Je n'ai aucun indice, aucune piste à suivre, et voilà que je m'enfonce vers je ne sais où… »

Malgré ses questions et ses tourments, Amos continua de suivre l'escalier jusqu'à ce qu'il débouchât dans une salle de repos. Il en profita pour s'abreuver à la petite fontaine qui s'y trouvait, et décida de manger un peu de fromage et de pain avant de poursuivre son chemin.

Nul ne saurait dire exactement pendant combien de temps Amos s'enfonça ainsi dans les ténèbres, car il en perdit lui-même toute notion. Après son premier arrêt, il se reposa encore trois fois avant d'arriver finalement au bout de ce long périple. L'escalier prit fin sur une vaste salle abondamment éclairée par de nombreuses torches. Quatre sièges de pierre étaient disposés en cercle autour d'une statue à quatre faces représentant la Dame blanche. Épuisé, le garçon dut plisser les yeux pour s'assurer qu'il voyait bien une jeune fille chauve assise sur un des sièges.

– Bonjour, lui dit-il en s'approchant d'elle. Je me nomme Amos Daragon et je viens du…

Amos s'arrêta lorsqu'il constata que la fille ne l'écoutait pas. Les yeux plantés dans ceux de la statue de la Dame blanche, elle semblait complètement magnétisée.

« Mais oui! Quatre sièges pour quatre porteurs de masques! se réjouit Amos. Mais d'abord, si j'explorais un peu cet endroit avant de m'y asseoir?… »

La pièce, parfaitement circulaire, était accessible par quatre longs escaliers qui se terminaient chacun par un portail d'or. Au-dessus des quatre portails, on pouvait voir, incrusté dans l'or, le signe distinct représentant chacun des quatre éléments.

– Voilà !… Un escalier pour chaque porteur de masques ! s'exclama tout haut Amos en examinant chacune des issues. Si je me fie aux traces dans la poussière du sol, cette fille est arrivée par cet escalier-ci… Elle serait donc la représentante du continent de l'eau. Et ici, mon couloir, celui de la terre ! Tserle arrivera sans doute par celui-là, et l'autre porteur de masques, le représentant du feu, viendra par celui-là.

Comme il allait retourner vers la statue de la Dame blanche, Amos aperçut dans l'escalier de feu une ombre qui attira son attention. Il s'en approcha avec précaution, puis il sursauta en voyant le corps figé de son ami Arkillon. L'elfe momifié était en position assise sur une marche, le haut du corps appuyé contre le mur, la tête légèrement inclinée. Son visage était ridé comme une vieille citrouille. Malgré son état, le porteur de masques l'avait reconnu tout de suite, car il portait les mêmes vêtements que lors de leur première rencontre à Braha.

– Mais que s'est-il passé, mon ami, pour que tu meures ainsi? demanda Amos en s'agenouillant devant lui. Tu dois être ici depuis si longtemps… la première génération de porteur de masques dont tu faisais partie ne date pas d'hier… Mais… mais qu'est-ce?…

Un pendentif d'où émanait une faible lumière pendait au cou de l'elfe. Le garçon le lui retira délicatement et le glissa dans sa poche.

– Je prendrai soin de ton bijou, Arkillon. Je le garde en attendant de te le redonner, mon ami! J'espère réussir là où tu as échoué car, entre nous, je n'ai aucune envie de partager ton sort.

Amos se releva et retourna auprès de la statue. Par terre, il remarqua des marques différentes entre chacun des quatre sièges et chacune des quatre faces de la statue. Correspondant au siège de l'eau sur lequel était assise la jeune fille chauve, il vit trois trous identiques à ceux du bois de Tarkasis où il avait déjà planté son trident pour accéder au royaume des fées.

«Les autres trous, tout autour de la statue, doivent servir à poser d'autres types d'armes. Tiens, cette alvéole, devant le siège qui m'est attribué, doit être conçue pour recevoir le manche d'une masse de guerre et, là, cette large fente est certainement destinée à accueillir une épée.»

Une seule de ces cavités était déjà occupée. Bien droite, une flèche aux plumes bigarrées comblait un simple trou donnant sur le siège destiné au porteur de masques représentant l'air. Comme il détenait lui-même un trident représentant l'élément aquatique, Amos déduisit que la flèche avait dû être insérée dans la cavité par la jeune fille chauve.

« L'eau porte l'arme de l'air, réfléchit-il, et, moi, qui représente la terre, je porte l'arme de l'eau. La grosse épée que j'ai vue à la ceinture de Tserle doit sûrement représenter le feu. En toute logique, ce sera donc le porteur de masques du continent du feu qui apportera ici l'arme représentant mon élément. Bizarre… on dirait une énigme… Pour arriver jusqu'ici, chacun de nous entre par une porte qui lui est proprement destinée, mais à partir de divers continents. Nous avons tous les quatre une arme différente représentant un élément distinct… Hum, voyons voir… Pour ma part, je représente la terre, mais mon arme est aquatique. Mon premier masque a été celui de l'air, mais j'ai les pouvoirs du Phénix qui est une créature de feu. Et si je réfléchis bien, mes trois meilleurs amis doivent représenter, chacun à leur façon, les éléments. Béorf est fort comme le roc, Médousa est une gorgone de mer, Lolya noire comme le charbon est consumée par le feu de l'amour et, moi, tout comme l'air, je me faufile à travers les difficultés. Si je pousse ma réflexion plus loin, Crivannia était une sirène du monde aquatique, Gwenfadrille est une fée aérienne, Sartigan est aussi vieux que les montagnes et Maelström est un cracheur de feu. Encore là, les quatre éléments sont présents autour de moi. Plus j'y pense, plus je crois qu'il ne s'agit pas d'une énigme, mais plutôt d'un message… »

Tout en réfléchissant, Amos planta son trident dans les trous juste devant la jeune fille qui n'avait même pas remué le petit doigt. Rien d'anormal ou d'étrange ne se produisit.

« Bon… il ne me reste plus qu'à attendre les autres maintenant… et si je prenais place dans mon siège ? »

Dès qu'il s'installa à sa place, son regard fut immédiatement attiré vers les yeux de la statue.

– Brave Amos Daragon, dit soudainement la sculpture, comme je suis fière de tes qualités de cœur et d'esprit ! Tu t'es montré digne de ma confiance et te voilà arrivé au bout de ton périple. Tu dois maintenant fournir un dernier effort afin d'accomplir ton destin. Reprends ta conscience maintenant, les autres porteurs de masques sont là ! J'espère que l'attente n'aura pas été trop longue…

La vision cessa et Amos fut libéré de l'enchantement. Comme la Dame blanche le lui avait dit, tous les sièges avaient maintenant trouvé preneur et leurs occupants semblaient aussi perplexes que lui. Ainsi qu'il l'avait prévu, quatre armes garnissaient à présent les trous des quatre côtés de la statue. Devant la fille chauve se trouvait le trident qu'il avait lui-même placé, en face de Tserle, il y avait une flèche, en face d'un garçon étrange avec une armure d'ossements et une grosse chauve-souris sur les genoux se trouvait une épée, alors qu'Amos avait devant lui une masse de bois.

« Ah ! mais je comprends ce que la statue voulait dire en parlant d'attente, songea-t-il en regardant avec étonnement ses ongles devenus très longs. C'est que sans que je m'en sois rendu compte, je suis certainement assis dans ce siège depuis très longtemps. De longues semaines peut-être. Nous avons tous été hypnotisés afin que l'attente des autres porteurs de masques nous paraisse moins longue. »

— Bonjour, fit la jeune fille chauve. Je suis Fana Ujé Hiss, j'arrive du continent de l'eau.

— Et moi, Éoraki Kooc. Je représente le feu.

— Tserle Hyell, du monde de l'air.

— Je suis Amos Daragon, du continent de la terre.

Amos avait l'étrange impression de parler une autre langue.

— Me comprenez-vous bien ? demanda Fana. Car nous ne sommes pas censés parler la même langue.

— Oui, je crois que nous nous comprenons tous. D'après ce que je peux voir, ce serait cette pièce même qui nous permettrait de nous comprendre, un peu comme le font les oreilles de cristal d'Amos Daragon, déclara Tserle. Au fait, Amos, je sais ce que tu as fait pour moi, et je t'en remercie du fond du cœur. Et Maelström, ton dragon si mignon, m'a aussi été d'une précieuse aide. Lorsque nous nous sommes quittés tous les deux, il repartait pour votre continent en emportant avec lui les oreilles de cristal que tu m'avais si généreusement prêtées.

— Hein? Une pièce qui fonctionne comme des oreilles? finit par dire Éoraki, étonné.

— Disons plutôt que ce lieu facilite la communication, précisa Amos.

— Ah! Bon! D'accord… Tu sais, j'ai rencontré une amie à toi, ajouta Éoraki. Une sorcière de la tribu des Dogons. Elle pense beaucoup à toi, tu lui manques.

— Moi, je suis passée à Upsgran, dit Fana. J'ai connu ta copine Médousa. Elle est charmante. D'ailleurs, c'est grâce à elle que j'ai pu découvrir la porte de l'eau. Tu la remercieras de ma part quand tu la reverras.

Amos, ébranlé d'avoir des nouvelles de ses amis, demeura muet quelques secondes.

— Euh…, hésita-t-il, je suis heureux que…

– Bon, maintenant, que faisons-nous? l'interrompit Éoraki. Il n'y a rien ici! Pas de dieux à combattre, pas d'armée à vaincre. Mon maître m'a fortement conseillé de t'écouter, Amos Daragon, d'agir en respectant ta volonté. Alors, j'écoute. Que faisons-nous maintenant?

– Hum! à vrai dire, répondit Amos, je ne sais pas… J'ignore… Dites-moi, quelqu'un a une idée?

– Bravo! s'exclama Tserle. Moi qui croyais être guidée par la Dame blanche, mais où est-elle maintenant?

– Je n'ai pas plus d'informations que vous, intervint Fana. Nous sommes piégés ici!

– Si nous ne trouvons pas une solution, dit Amos en pointant le doigt en direction du corps d'Arkillon, nous finirons comme cet elfe dans l'escalier, là!

– Brrr! j'en ai des frissons!… En attendant qu'on trouve quelque chose, est-ce que quelqu'un veut manger? demanda Tserle. Aussi bien partager nos provisions, non? Voilà, c'est ça! Je suggère que nous mettions tout en commun.

– Oui, c'est une bonne idée! Je meurs de faim, moi! s'écria Fana. Tenez, voilà mon sac!

– Je diviserai ma part en deux, affirma Éoraki. Pour la partager avec TuPal, ma chauve-souris.

— Pas question que tu prennes sur ta portion seulement! décida Tserle. Nous ferons cinq parts!

— Cinq parts égales. TuPal représente l'éther…, déclara Amos.

— Tiens donc! fit Fana.

— Je crois comprendre ce que nous faisons tous ici, enchaîna Amos. Je sais maintenant ce que la Dame blanche attend de nous et pourquoi nous sommes dans un lieu si profondément enfoui dans la terre.

— Alors, explique-nous, dit Éoraki. Je suis impatient de l'apprendre.

Amos se leva pour saisir la masse en face de lui. Sans prévenir, il la souleva et se mit à frapper la statue de la Dame blanche de toutes ses forces.

— Venez, faites comme moi! Je vous en prie, ayez confiance, je vous expliquerai après! lança le garçon en frappant de plus belle.

Stupéfait, Éoraki saisit toutefois l'épée et la frappa à répétition contre la pierre. À son tour, Tserle, munie seulement d'une flèche, imita, d'abord timidement et ensuite avec vigueur, le mouvement des garçons. Quant à Fana, elle demeura encore quelques instants interdite devant ce que ses compagnons étaient en train de faire. Puis elle se décida enfin à se lever pour prendre le trident d'Amos devant elle.

Lorsque, à l'instar des trois autres armes, le trident frappa la pierre, la statue vola en éclats et dévoila, en son centre, un socle en or sur lequel était posée une petite perle claire et lumineuse.

– Mais… mais qu'est-ce que c'est ? demanda Éoraki en se penchant vers l'objet.

– Ceci est l'âme de la Dame blanche, répondit Amos. Mes amis, nous devons maintenant matérialiser la déesse suprême !

17
La naissance d'un nouveau monde

Fana, Tserle et Éoraki regardèrent Amos avec perplexité.

– L'âme de la Dame blanche? s'étonna Tserle. C'est bien ce que tu viens de dire?!

– Oui, exactement, tu as bien compris, répondit Amos en observant attentivement la petite sphère brillante. Et je répète que nous devons la détruire…

– DÉTRUIRE LA DAME BLANCHE!!! hurla Fana. Mais tu es complètement fou! Tu es tombé sur la tête, mon pauvre garçon!

– Je suis sûr que c'est la bonne chose à faire, affirma Amos. Je crois que les porteurs de masques qui nous ont précédés à une autre époque, les elfes, le savaient aussi, mais qu'ils n'ont pas eu le courage de le faire. En vérité, nous avons été choisis pour tuer la Dame blanche afin de lui redonner une nouvelle vie. Selon moi, c'est l'unique façon de rétablir l'équilibre du monde et de corriger son erreur…

– L'erreur de qui? demanda sèchement Éoraki. La Dame blanche a fait des erreurs?! Mais qui es-tu, toi, pour avancer de telles stupidités? Comme je te l'ai dit, mon maître m'avait conseillé de t'écouter attentivement, mais, comme toi, il avait dû perdre la tête!

Amos recula pour reprendre place sur son siège de pierre. La tension était palpable dans la pièce et il devait mesurer chacun de ses mots.

– Je ne sais pas au juste qui est la Dame blanche, ni d'où elle vient, et je ne connais pas plus ses intentions. Mais tous autant que nous sommes, nous avons la conviction qu'elle est l'être suprême des quatre continents, n'est-ce pas?

Les trois autres porteurs de masques approuvèrent en silence.

– À partir des indices qui m'ont été donnés au cours de mes différentes aventures, continua Amos, et de la mission de rétablir l'équilibre entre les dieux positifs et les dieux négatifs de ce monde, j'en suis venu à me demander ce que la Dame blanche attendait vraiment de nous. Comme nos pouvoirs, bien qu'extraordinaires, demeurent trop faibles pour affronter direc-tement les immortels qui s'amusent aux dépens des humains et des humanoïdes, nous avons certainement été choisis pour une autre raison que nos facultés. Ça va jusqu'ici ?

Tserle, Éoraki et Fana acquiescèrent de nouveau.

– Alors, voici ma théorie. Pour une raison que j'ignore, un jour, la Dame blanche crée notre monde. Elle façonne la Terre, notre Terre, et la divise en continents, en montagnes, en gorges profondes et en je-ne-sais-quoi, pour finalement se rendre compte qu'il y manque encore des couleurs et du mouvement. Elle invente donc le second élément, c'est-à-dire l'eau. Ravie par la fluidité de sa nouvelle création, elle en met partout entre les continents et à l'intérieur des terres, ce qui devient en fait des lacs, des rivières et des océans. Et, toujours à partir de l'eau, elle s'amuse à faire des nuages et de la glace. Enfin, pour compléter son œuvre, elle donne naissance à l'air afin que ses vents déplacent les nuages et les icebergs, créant ainsi sans relâche de nouveaux paysages. Mais tout cela manque cruellement de lumière, car c'est par son propre éclat qu'elle voit toute sa création. Pour combler cette absence de luminosité, la Dame blanche crée donc le feu, et façonne le soleil. Puis, attention, pour unir ces quatre éléments, elle les enveloppe dans l'éther.

– Très bien, Amos, belle théorie ! s'exclama Éoraki. Mais tu oublies les dieux !…

– J'y arrivais justement. Alors voilà, devant tant de beauté qu'elle vient de créer à partir de la terre, de l'eau, de l'air et du feu, elle décide de se reposer et de profiter de sa nouvelle création dans la quiétude. Pour veiller à son Éden, elle conçoit donc des êtres suprêmes, des dieux immortels, afin qu'ils suivent attentivement le cycle de l'eau, qu'ils modèrent les tempêtes, qu'ils surveillent les hautes montagnes, gèrent la végétation, en fin de compte qu'ils lui assurent une paix durable. Lorsque tout est organisé, la Dame vient s'installer ici même, dans cette salle, et peut dormir à sa guise.

– Mais oui! Et dès que leur maîtresse disparaît, les dieux en viennent à se diviser et se forment alors deux clans! continua Tserle.

– Parce qu'ils veulent pour eux seuls le contrôle du monde! s'écria Fana. Mais comme ils sont immortels, ils créent les humanoïdes dont ils se servent pour se faire la guerre entre eux! Viennent ensuite les animaux, l'agriculture et la chasse pour nourrir leurs armées!…

Éoraki aurait bien voulu intervenir, mais il n'avait aucune idée de ce qui avait bien pu se produire ensuite, alors il se contenta de faire signe à Amos de poursuivre.

– Et depuis le jour où les guerres ont commencé, la Dame blanche ne peut plus dormir en paix, expliqua Amos. Et constatant que son monde ne lui appartient plus, elle désire plus que tout corriger son erreur, c'est-à-dire se débarrasser des dieux.

– Mais…, fit timidement Éoraki, la Dame blanche n'aurait-elle pas qu'à claquer des doigts pour s'en débarrasser ? Elle devrait pouvoir y arriver facilement, non ?

– D'accord, mais qui veillerait sur le monde ensuite ? répondit Tserle. Qui serait présent pour protéger la vie, assurer le cycle de l'eau et calmer les tempêtes ?

– Les porteurs de masques ! clama enfin Éoraki. Nous sommes là pour remplacer les dieux et veiller sur l'harmonie du monde ! Est-ce que… c'est ça ?!

– Exactement ! Tu as raison, lui confirma Amos. Mais pour cela, il faut d'abord éliminer l'influence des divinités sur le monde.

Les trois autres porteurs de masques ne le quittaient pas du regard. Aucun d'eux n'avait la moindre idée de la façon d'y parvenir.

– J'ai bien réfléchi et, pour accomplir cette immense tâche, reprit Amos, nous devons donner vie à ce monde, en faire un être unique, à part entière, qui pourra se gérer indépendamment de la volonté des dieux. Ainsi, ce sont les êtres vivants et les esprits de la nature qui auront une influence directe sur la vie. Plus de dieux des mers pour commander à l'eau, car les océans se gouverneront par eux-mêmes ! Plus de déesses de l'agriculture, car les semences n'auront plus à être dépendantes de sa volonté ! Plus de divinités pour commander aux humains leurs actions et leurs pensées, car ils n'auront plus qu'à observer la nature pour vivre en harmonie avec elle !

— Ainsi, si nous arrivons à faire en sorte que notre monde se gère lui-même, poursuivit Fana, les dieux perdront progressivement leur emprise sur tous les êtres vivants qui seront affranchis de leur domination.

— C'est bien beau tout ça, mais comment donner sa propre vie à notre monde ? demanda Éoraki.

— Nous créerons une tempête de vent, d'eau, de feu et de terre pour générer une gigantesque boule de magma composée de ces quatre éléments. Ce sera le cœur d'un nouveau monde. Ensuite, nous libérerons l'âme de la Dame blanche de cette petite sphère-ci pour l'y incorporer. De cette façon, la grande Déesse se matérialisera au centre même de sa création et laissera aux mortels le soin de préserver ses richesses. Si nous survivons à cette épreuve, notre tâche sera dorénavant non plus de rétablir l'équilibre du monde, mais de le main-tenir jusqu'à ce que l'influence des dieux soit annihilée à tout jamais.

— Et les dieux seront condamnés à sombrer dans l'oubli, ajouta Tserle. Immortels mais sans pouvoirs, ils ne pourront que regarder le monde évoluer sans eux.

— Ils éprouveront de l'ennui pour l'éternité ! dit Éoraki avec un demi-sourire.

— Seulement pour ce qu'ils m'ont fait subir sur cette montagne, on peut dire que la sentence n'est pas trop sévère, déclara Tserle en souriant à son tour.

— Nous partagerons le monde avec les esprits de la nature…, s'émerveilla Fana. Les ondines, les kelpies, les sirènes…

— Les fées, les Phlégéthoniens…, continua Amos.

— Les korrigans et les elfes…, enchaîna Tserle.

— Les chauves-souris et… et… et les chauves-souris, conclut Éoraki, en manque de représentations.

Un long silence s'immisça entre les porteurs de masques. Tous savaient maintenant ce qu'ils avaient à faire pour accomplir leur destinée : se débarrasser des dieux.

— Mais… TuPal, là-dedans, quel est son rôle ? demanda Éoraki à brûle-pourpoint.

— Mais oui, tu as raison… TuPal…, fit Amos. Nous, humains, représentons les quatre éléments, n'est-ce pas ? Je crois que ta chauve-souris, elle, symbolise les esprits de la nature dont nous avons parlé tout à l'heure. Or, la sphère renfermant l'âme de la Dame blanche ne pourra être détruite que si nos quatre armes la touchent simultanément, mais il est essentiel qu'il y ait également un contact avec ton animal. Enfin, je n'en ai pas tout à fait la certitude, mais normalement je suis assez habile pour saisir les indices et résoudre les énigmes.

– La meilleure façon de le savoir, c'est d'essayer, non?! clama Tserle dans un élan d'enthousiasme en posant la pointe de la flèche sur la sphère. J'adopte la théorie d'Amos et je dis: que l'air nous enveloppe et nous protège!

Aussitôt, une puissante tornade se forma autour de la pièce et emporta nourriture et bagages qui avaient été laissés plus loin sur le sol.

– J'espère que… que tu ne… ne te trompes pas, Amos…, marmonna Fana en posant à son tour le trident sur la boule de lumière. Que… que l'eau nous accorde sa souplesse et… et sa vitalité!

L'escalier menant au continent aquatique fut soudainement inondé par une imposante cascade. Se mariant à l'air, l'eau vive devint un vortex qui se mit à longer les murs de roc.

– J'espère aussi ne pas être dans l'erreur! lança Amos en joignant sa masse aux autres armes. Que la terre nous protège et nous guérisse!

D'un coup, les murs de la pièce s'effondrèrent dans un vacarme du tonnerre et se mêlèrent aux deux autres éléments. Une boue granuleuse, s'épaississant à vue d'œil, adopta le mouvement rotatif du vortex.

– Aujourd'hui est un très grand jour pour la tribu des porcs-épics! déclara solennellement Éoraki en mettant le bout de son épée sur la sphère. Que le feu nous purifie et nous illumine!

À ce moment, la terre devint lave et une chaleur cuisante surprit les porteurs de masques.

– La chauve-souris! Vite, maintenant! cria Tserle dont les cheveux commençaient à roussir dangereusement. Vite, Éoraki! L'aile de TuPal! Vite, sur la boule!

– DÉPÊCHE-TOI! hurla Fana à son tour. J'AI LE CRÂNE QUI CHAUFFE!

Le garçon obéit et, tout comme l'avait prévu Amos, la sphère se fissura avant de s'ouvrir complètement. Une lumière extraordinaire les envahit tous, puis une voix enchanteresse se fit entendre :

– J'ai créé ce monde en hommage à la beauté et aujourd'hui, enfin, je vais pouvoir en jouir pleinement. Grâce à vous, il sera impossible pour les dieux de guerroyer par l'entremise des mortels. Désormais, il n'y aura plus qu'une Déesse, et ce sera moi. Je demeurerai en ce cœur d'air, d'eau, de terre et de feu afin de reprendre en main ma propre création et de donner à ses habitants un monde de paix et de prospérité. Mais avant que je ne trouve la force nécessaire pour veiller à la destinée de tous les mortels, je vous demande ceci. Je vous en prie, très chers porteurs de masques, veillez, chacun sur votre continent, à maintenir l'équilibre que vous venez à l'instant de créer, car mes enfants égoïstes et cruels que sont les dieux n'accepteront pas facilement de lâcher prise et tenteront par tous les moyens de conserver leurs pouvoirs sur la terre. Il vous faudra être vigilants, mais surtout patients en attendant que vienne mon règne. Deviendrez-vous les gardiens de ma création ? Puis-je compter sur vos qualités de cœur et d'esprit pour poursuivre la mission que je vous ai assignée ?

— Que ta volonté soit faite, Kalliah Blash ! dit Éoraki, le cœur tambourinant dans la poitrine.

— Ma vie sera entièrement consacrée à ton culte, jura Tserle, les larmes aux yeux.

— Tu peux compter sur moi, je ne te décevrai pas, promit Fana, proche de l'extase.

— Je saurai me montrer digne de ta confiance, conclut Amos en baissant la tête.

— Voilà comment sont les grands héros, enchaîna la Dame blanche à travers la lumière de son âme. Les héros sont modestes et courageux, vertueux et dévoués! Vous êtes la preuve vivante qu'il est possible pour les humains de changer le monde et de lui donner un nouveau visage. L'indigne puissance des dieux fera place à la sagesse des hommes, et ma création ne s'en portera que mieux. Maintenant, dignes porteurs de masques, que les éléments vous transportent sur vos continents respectifs et vous déposent là où vous guidera le souhait le plus ardent que chacun de vous porte en son cœur!

Sur ces mots, la lumière de la Dame blanche s'intégra au vortex de lave; la pièce tout entière s'effondra sur les porteurs de masques et, de la matière, naquit une énorme sphère en ébullition. Le cœur du nouveau monde fit entendre son premier battement.

«Lolya» fut le mot qu'Amos eut à peine le temps de prononcer avant de disparaître complètement.

18
Le début d'une
nouvelle aventure

Assise sur la plage, les yeux tournés vers la mer, Lolya soupira. Depuis son retour chez les Dogons, la jeune nécromancienne avait perdu sa joie de vivre et, de jour en jour, son humeur devenait de plus en plus maussade. Les nerfs à fleur de peau du matin jusqu'au soir, elle menait la vie dure à sa jeune sœur et pleurait fréquemment en pensant à ses amis.

« Je ne suis qu'une bonne à rien, pensa-t-elle en fixant l'horizon. J'ai tout gâché avec Amos, j'ai abandonné Béorf à sa maladie et j'ai quitté Médousa, ma meilleure amie, la seule personne à qui je pouvais tout dire. Oui, vraiment, quel beau gâchis ! Je suis amoureuse d'un brave garçon à qui tout réussit mais, moi, minable petite nécromancienne, au premier obstacle avec lui, je fuis pour me réfugier ici. Ce serait normal qu'il ne veuille plus jamais de moi ! Qui voudrait d'une poire comme copine ?... »

À la seule idée qu'elle pourrait ne plus jamais revoir Amos ni aucun de ses amis, Lolya éclata en sanglots.

– Je suis une bonne à rien, répéta-t-elle tout haut, en larmes. Je n'ai pas réussi à être une reine pour mon peuple, je ne suis pas parvenue à aider correctement mes amis, j'ai raté ma relation avec Amos et voilà que ma propre sœur me fait comprendre que je suis inutile ici ! Je ne sais pas où aller, moi ! J'ignore comment reprendre ma vie en main… J'ai si mal… j'ai si mal que je voudrais fermer les yeux pour ne plus jamais les rouvrir…

La jeune fille pleura encore longtemps et, une fois sa crise de larmes passée, elle se releva et marcha dans la mer pour se rafraîchir un peu. À ses pieds, une multitude d'espèces de coquillages captèrent son attention par leurs formes étranges et par leurs couleurs variées. Pour se distraire, elle en ramassa quelques-uns qu'elle nettoya pour en faire ressortir l'éclat. Tout à coup, exactement comme elle l'avait déjà vécu en rêve, Lolya sentit une présence. Elle se tourna vers le large et crut apercevoir Amos qui nageait dans sa direction. Incrédule, elle se frotta les yeux plusieurs fois, mais la vision se rapprochait toujours plus. Le cœur battant, elle finit par distinguer nettement le porteur de masques qui s'avança en chancelant jusqu'à ce qu'il fût debout tout près d'elle.

Le regard radieux, Amos la salua timidement en souriant. Cependant, il avait de nombreuses blessures aux bras, à la tête et au torse, et son armure était terriblement abîmée. Devant Lolya qui le fixait tout hébétée, le garçon se laissa d'abord vaciller sur ses jambes dans la mer mouvementée, puis se décida à parler :

– Tu crois qu'il serait possible que nous reprenions la conversation de l'autre jour ? Parce que j'aimerais préciser que la vie est beaucoup trop ennuyeuse sans toi…

– Mais que… je… pour… mais d'où arrives-tu, comme ça ? balbutia Lolya, bouche bée.

– J'arrive d'un petit voyage de rien du tout où j'ai vu une île magnifique et paisible, visité deux continents, plus un long couloir qui m'a conduit au centre de la terre. Je me suis battu contre des cyclopes, des amazones, le froid divin, des géants et des loups de glace… ah oui ! et un gigantesque chien enragé également. J'ai été réduit en poussière avant de renaître sur le flanc d'une montagne où j'ai franchi une porte, ce qui m'a permis de rencontrer trois autres porteurs de masques… Bref, tous les quatre, nous avons dû tuer la Dame blanche afin de la matérialiser pour qu'elle reprenne son contrôle sur le monde. Et là, maintenant, je sors tout juste d'une boule de magma qui m'a propulsé, à travers les éléments, jusqu'à toi. Tu vois, la routine habituelle !

– Je vois surtout que tu n'as pas beaucoup changé, fit Lolya en pouffant, trop heureuse de retrouver son ami. Tu es toujours aussi fainéant !

– Ah ! j'ai aussi trouvé ceci sur le corps d'un ancien ami de Braha ! ajouta Amos en retirant le pendentif de sa poche. Je veux le remettre aux elfes, et je me demandais si… Enfin, est-ce que tu aimerais m'accompagner ?

– Mais… c'est que… Et qu'arrive-t-il avec l'équilibre du monde ?

– C'est presque réglé, je crois… Cependant, je dois le maintenir sur ce continent jusqu'à ce que la Dame blanche soit prête à le reprendre elle-même en main. En attendant, je comptais aussi travailler sur mon propre équilibre… mais, sans toi à mes côtés, je ne réussirai pas…

Lolya sentit ses jambes ramollir. Orgueilleuse, elle tâcha de n'en rien laisser paraître et se ressaisit rapidement.

– Mais qui te dit que j'ai envie de repartir à l'aventure ? le taquina-t-elle. Après tout, je suis très heureuse ici, avec les miens.

– Ce n'est pourtant pas ce que m'a laissé entendre Éoraki! rétorqua Amos en souriant, une étincelle dans les yeux. Tu te souviens d'Éoraki, n'est-ce pas? Tu sais, celui à qui tu as demandé de me transmettre un message?

– Aïe! je l'avais oublié, lui…, marmonna Lolya, confuse.

– Pardon? Que dis-tu?

– Euh… je disais que… Je ne disais rien d'important! Bon… puisque tu insistes et que, manifestement, tu ne peux pas te passer de moi… eh bien, disons que j'accepte de te suivre!

– J'en suis tout à fait ravi, dit tendrement Amos en s'approchant encore plus de son amie. J'enverrai une sphère de communication à Upsgran afin qu'on envoie une flagolfière pour venir nous chercher! Mais avant, je te dois quelque chose.

Il saisit délicatement Lolya par la taille et, après qu'il eut pénétré son regard, il déposa un long baiser sur ses lèvres. Au son des vagues se brisant sur la plage, la jeune fille appuya sa tête sur l'épaule d'Amos et savoura enfin le bonheur d'être dans les bras de celui qu'elle aimait plus que tout au monde.

– J'adore les histoires qui finissent bien, déclara-t-elle en plongeant ses yeux dans ceux d'Amos.

– Par contre, moi, je préfère celles qui commencent…

– Comme la nôtre ?

– Comme la nôtre.

Lexique mythologique

CRÉATURES MYTHOLOGIQUES

Amazone: Dans la mythologie grecque, les amazones habitaient les rives d'un grand fleuve de l'Anatolie, le pays que l'on nomme aujourd'hui la Turquie. Ces farouches guerrières tuaient leurs enfants mâles ou les rendaient aveugles ou boiteux pour les utiliser ensuite comme serviteurs. Les explorateurs qui sillonnèrent l'Amérique du Sud découvrirent avec étonnement ces tribus de femmes qui combattaient avec autant de vigueur que des hommes et c'est en leur honneur qu'ils nommèrent le plus long fleuve du monde «Amazone».

Cyclope: Ces géants pourvus d'un œil unique au milieu du front sont issus de la mythologie grecque. Selon la légende, ils seraient les enfants du ciel (Ouranos) et de la terre (Gaïa). Grâce à leurs talents de forgeron, ils fournirent des « boules de foudre » à Zeus qui les utilisa pour renverser Cronos et les autres titans. Les trois cyclopes les plus connus sont Brontès, Stéropès et Argès, associés respectivement au tonnerre, à la foudre et aux éclairs.

Hel: Dans les mythes scandinaves, cette créature est la fille du dieu Loki et de la géante Angerboda. C'est elle qui règne sur le monde obscur de l'enfer viking où se retrouvent les âmes des guerriers lâches qui ont fui la mort au combat. Son corps serait moitié blanc, moitié bleu foncé, couleur de la chair en décomposition. Elle possède d'importants objets magiques tels que l'assiette Hung qui peut répandre la famine ainsi que les tentures Blikianda Bol dont est entouré son lit et qui sèment le malheur chez quiconque les aperçoit.

Pégase: Les Grecs anciens croyaient aux pouvoirs magiques de ce cheval ailé né du sang de la tête tranchée de Méduse et qui était aussi rapide que le vent. Un jour, il fut dompté par le grand héros Bellérophon, puis il atteignit le domaine des dieux où on le plaça parmi les constellations.

Salamandre : Cet animal mythique de l'Europe médiévale fut longtemps associé au feu à cause de sa prétendue capacité de résister aux flammes. Les légendes racontent que la salamandre contient un puissant poison qui peut s'infiltrer dans les fruits des arbres ou l'eau des puits et tuer ainsi bon nombre de personnes à la fois. Les chrétiens pouvaient s'éviter cent jours de purgatoire pour chaque salamandre qu'ils tuaient.

Ungambikulas : Ils sont les dieux créateurs du monde dans la mythologie aborigène des premiers peuples australiens. Ce sont eux qui ont créé les humains en les modelant membre par membre.

L'aventure se poursuit...
Le camp Amos Daragon
www.berrion.com

Transcontinental
IMPRESSION
IMPRIMERIE GAGNÉ